高韵之变 茫然闻之界文明满屋展览
旷游横四亩卧人照气室网盆
挑岛宜墨通云海人人漂泊
孔物温智寄止
须善堇洪俸米冷为孔

挚友题词

風采三秋明月
文章萬里長江

賀鄧水發先生壃立南山下付梓

章目涂烈書

涂烈，江西南昌人。现为中国社会艺术协会榜书委员会副会长，中国通俗文艺研究会榜书艺术委员会副会长，江西榜书创研中心主任，江西国画院榜书艺术委员会会长，江西开放大学客座教授，南昌冈上文联主席，新书苑全国榜书高研班导师，连云港市华龙榜书艺术研究院高级顾问，国家一级美术师。曾任中共江西省委常委，中共九大、十大代表。

古聖賢自修身起

大英豪從讀書來

題鄧水茂老師小草行世

劉寶嶺 敬書

刘宝岭，广东大埔县人。中华诗词学会、南中国作家研究会、中国作家创作协会、世界华人文学艺术界联合会、全球汉诗总会、岭南诗社会员。现任中国龙之韵诗书画联谊会常务副会长。

水墨友佳作 種豆南山下
翰筆如流妙 趣生輝字
裏間遒遒着儒雅
與靈性可嘉可賀

辛卯初夏 仁余

万仁余，江西南昌人。原南昌市人大教科文卫委员会副主任，调研员。江西省书法协会会员，中国榜书委员会江西创研中心常务副主任，江西省老年书画学会理事，南昌市老年书画协会秘书长。

林汉梁，祖籍福建，江西南昌人。原南昌市迎宾中学美术教师。江西省书法协会会员，省楹联学会荣誉理事，省诗词学会、散曲社会员。南昌市书法协会、美术家协会会员，市诗词学会理事，市残疾人书法协会、写作协会顾问。青云谱区老年大学和青云谱区文化馆书法、国画教师。

龚玉林，江西南昌人。中国教育学会书法专业委员会理事，江西教育专业委员会副会长，江西省中、小学书法教育评审专家，中华诗词学会会员，南昌县书法协会、诗词学会副主席，南昌县八一书画院院长。

刘颂东，广东梅州人。书法家，年轻学者，公务员，现任职于东莞市。

養怡之福
可得永年

可

養怡之
得永年福

賀水舌之禮贊南山示一書句楷

辛丑夏月敬峰题

胡敬峰，江西南昌人。原南昌市高新区艾溪湖管理处教育联合党支部书记，艾溪湖中学校长，国家一级美术师。中国通俗文艺研究会榜书委员会理事，榜书江西创研中心副主任，江西书法家协会会员，国光书画院院长，北京六艺嘉韵书画研究院常务理事，南昌市老年书画协会理事，书画艺委会成员，高新区分会副会长，江西人文书画院特聘书法家。

❖ 活动合影 ❖

2019年同中国驻印度尼西亚巴厘岛领事苟皓东先生（右二）和书法家涂和平、胡敬峰合影。

2019 中国代表同印中友好协会会长曾天丰、中国驻巴厘岛领事苟皓东、印中华人艺术学会主席李顺南、印尼书画协会主席林光荣、全球华人书画协会主席周妤娟女士及印尼官方、艺术界领导等合影。

　　2020 年参加国际艺术与和平高端论坛合影。

第 65 回东洋书艺展中国代表与日本书艺协会会长松本乌城、韩国国际文化协会会长姜欣雄合影。

与香港书画协会秘书长陈寿楠夫妇（中）、书法家涂和平合影。

与中国驻日本大使参赞石永菁女士收藏作品合影。

2023 年全国著名书画家在宜黄交流合影。

书法作品

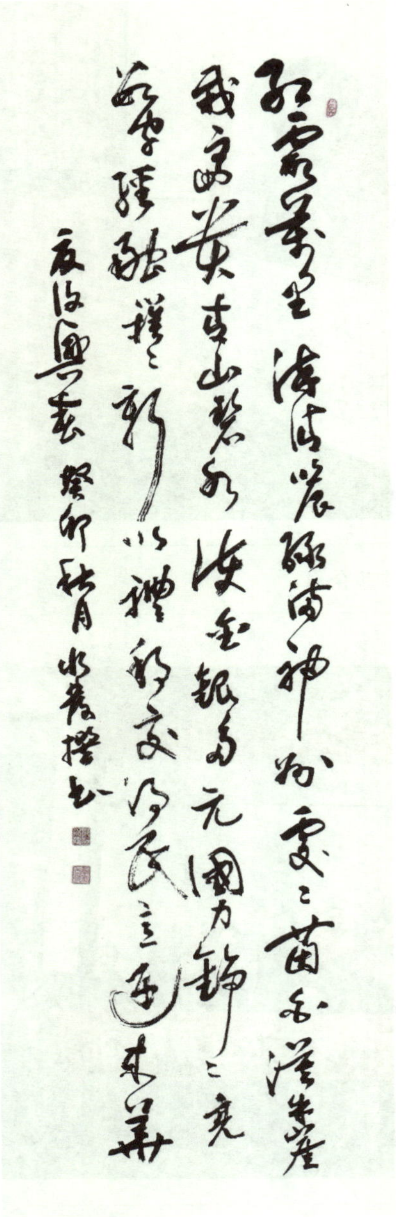

（180×49）

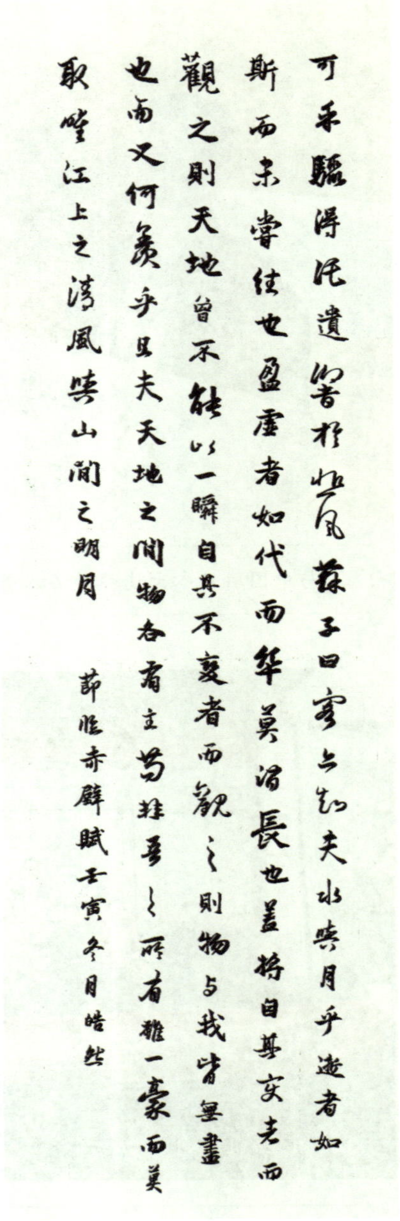

邓皓然作品　　（180×49）

伊霍洞天如此
神峯騰瀑舞
紫煙牽手揮將
歔呼童子驀地
方知是畫魂

世玉同道惠展正咲
己亥夏 水菱陸書

（68×70）

高山仰止

水菱書

（138×34）

千里莺啼绿映红，水村山郭酒旗风。南朝四百八十寺，多少楼台烟雨中。

杜牧诗一首 清池好

壬寅夏月 孔繁友书

（69×68）

志存高远

少发书之

（138×34）

014

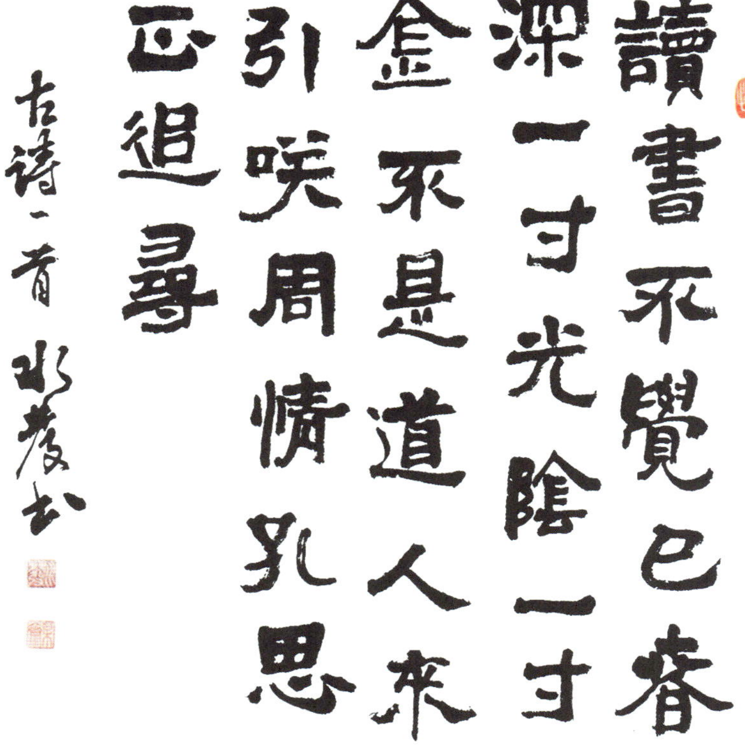
讀書不覺已春
深一寸光陰一寸
金不是道人來
引笑周情孔思
正追尋
古詩一首

（69 × 68）

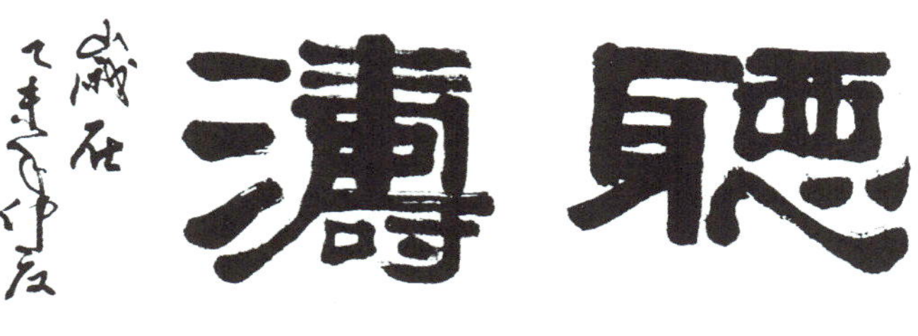
聽濤

（100 × 55）

一枝不玉条鱼诸桥西僚

溪桥不与自知花发将迟

孤芳雪末饰芳树寒色与古枝擒

黄花共你

源水更诗酒里之东

咏梅二首 正字书于石故记

（138 × 69）

萬樹寒無一色香山枝
擱亂無色帥深香
夏新獨唯人家
情香獻枝梅清空
鴉色丹垂無不見
雪萬看暗香來

古詩三首　詠梅
辛丑結月水苍書之

（69 × 68）

懿瑞
億向
百財
順進

庚子仲秋
水苍書

（138 × 48）

芳菲百日耀长松，荣谢争知岁暮穷。

单位花开逢此际，小园春意一丛丛。

满架繁英笑东风，秀丽偏宜晚更丛。

咏菊二首 丙申仲秋 水展书

（138×34）

横空出世，莽昆仑，阅尽人间春色。飞起玉龙三百万，搅得周天寒彻。夏日消溶，江河横溢，人或为鱼鳖。千秋功罪，谁人曾与评说？

而今我谓昆仑：不要这高，不要这多雪。安得倚天抽宝剑，把汝裁为三截？一截遗欧，一截赠美，一截还东国。太平世界，环球同此凉热。

念奴娇 毛泽东 庚子冬二月 水尧书

（138×69）

（ 138 × 69 ）

（ 138 × 69 ）

雲海蒼蒼同樣美 孤何業地起

陰霾狼煙浮世 千瘡孔萬物涅

塗炭哉咤 受害豈李成冤冤

倘渡利己乃魔鬼 和平名喚人們

醒看展芳深 利又來

庚午時嘆和平夜子初春 水雲樓主

（138×69）

好雨知时节，当春乃发生。随风潜入
夜，润物细无声。野径云俱黑，江船火
独明。晓看红湿处，花重锦官城。

杜甫诗　啸天书

春色如碧玉，书怀倚疏枝，尚见怜。
向日光高，匆匆时去了，小枝海。

癸巳李石王文友书

（138×69）

山不在高，有仙则名；水不在深，有龙则灵。斯是陋室，惟吾德馨。苔痕上阶绿，草色入帘青。谈笑有鸿儒，往来无白丁。可以调素琴，阅金经。无丝竹之乱耳，无案牍之劳形。南阳诸葛庐，西蜀子云亭。孔子云：何陋之有。

刘禹锡陋室铭　庚子初夏　水蓉书

（180×49）

蒲团清坐道心长，消受莲花自在香。八万四千门路别，谁知方寸即西方。门庭清妙即禅关，枉费黄金去买山。祗要心先如满月，在家还比出家闲。

禅诗二首偶成偶偶　辛丑　水蓉书之

（180×49）

妙嚴寺本名東際距吳興郡城七十里而近曰徐林東
接烏戍南對涵山西傍洪澤北臨洪城暎帶清流而離
絕囂塵誠一方勝境也先是宗嘉熙間是菴信上人於
焉剙始結茅為盧舍枚行華嚴法華宗鏡諸大部經遒
雙徑佛智偓𧧸聞禪　辛丑秋月鄧皓然書

邓皓然 11 岁作品　　（180×49）

（180×49）

弘道

癸卯秋 皓阳书

（138×69）

登高　杜甫

风急天高猿啸哀　渚清沙白鸟飞回
无边落木萧萧下　不尽长江滚滚来
万里悲秋常作客　百年多病独登台
艰难苦恨繁霜鬓　潦倒新停浊酒杯

岁次癸卯初夏皓阳于莞

邓皓阳 9 岁硬笔书法作品

春

律回岁晚冰霜少　春到人间草木知　便觉眼前生意满　东风吹水绿参差

张栻诗

（180×97）

坚劲

壬寅春月

癸未秋山

（180×97）

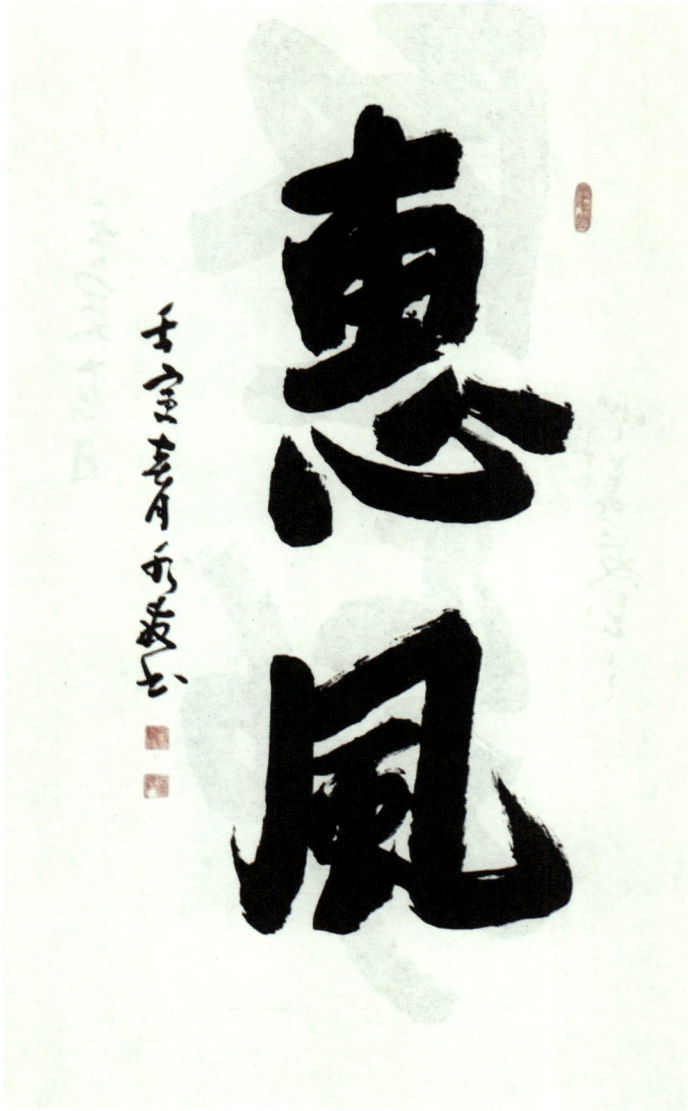

惠風

壬寅春月 希玄書

（180×97）

俭以养德

（248×129）

博览群书

邓皓然 11 岁作品

寒夜客来茶当酒，竹炉汤沸火初红。寻常一样窗前月，才有梅花便不同。杜耒诗一首 水发

（100×55）

闲来无事不从容，睡觉东窗日已红。万物静观皆自得，四时佳兴与人同。道通天地有形外，思入风云变态中。富贵不淫贫贱乐，男儿到此是豪雄。程颢诗 水发

（138×69）

空山新雨後天氣晚來秋明
月松間照清泉石上流竹喧
歸浣女蓮動下漁舟隨意
春芳歇王孫自可留

王維詩一首戊戌仲秋水發書

（138×69）

（180×49）

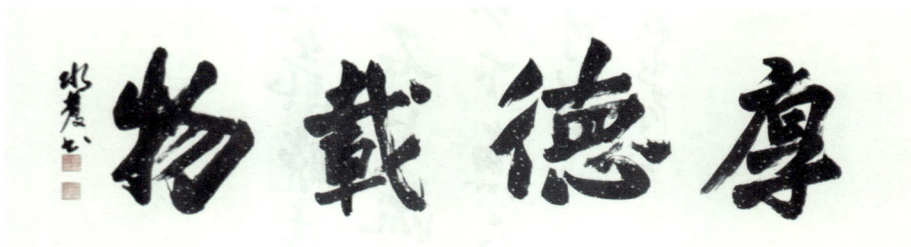

（180×49）

▼ 摄影作品 ▼

阿诗玛·昆明

蝶舞·梅岭

换位·京都

观天象·三清山

净·韶关

巨蟒·吴哥

上青天·华山

双桥·东京

天工·敦煌（红俊航拍）

第一代
1ST GENERATION

挺·阿里山

萧条·泰国

正视·南昌

种豆南山下

邓水发 著

新华出版社

图书在版编目（CIP）数据

种豆南山下 / 邓水发著 . —北京：新华出版社，
2023.11
ISBN 978-7-5166-7179-5

Ⅰ . ①种… Ⅱ . ①邓… Ⅲ . ①中国文学—当代文学—
作品综合集 Ⅳ . ① I217.1

中国国家版本馆 CIP 数据核字（2023）第 217973 号

种豆南山下

作　　者：邓水发

责任编辑：赵怀志
封面设计：人文在线

出版发行：新华出版社
地　　址：北京石景山区京原路 8 号　　　　邮　　编：100040
网　　址：http://www.xinhuapub.com
经　　销：新华书店
购书热线：010-63077122　　　　中国新闻书店购书热线：010-63072012

照　　排：北京人文在线文化艺术有限公司
印　　刷：三河市龙大印装有限公司
成品尺寸：170mm×240mm　1/16
印　　张：18.25　　　　　　字　　数：220 千字
版　　次：2024 年 4 月第一版　　印　　次：2024 年 4 月河北第一次印刷
书　　号：ISBN 978-7-5166-7179-5
定　　价：98.00 元

前　言

　　《种豆南山下》是一本可读性较强的书，因为书中每一种不同形式的创作都具有时代的烙印，都记录着一个乡村教师人生奋斗的历程。

　　一、书中诗歌的可读性在于它的平淡自然，质朴无华，明快的节奏感，读来朗朗上口，轻松愉悦，并于平淡中见意趣。

　　"耘田暮春，漫野茵茵。白鹭点绿，除草辛辛。锄一苗醒，锄二草贫。欲尽杂稗，锄三功真。"《耘田》。此诗采用民歌的手法，来表现人们对清除四人帮余毒的真情实感，语言极为平淡自然。"……箩担春风篮提票，两俩相邀。别情河庙，踏着欢歌走。"《办年货》。此诗以明快的节奏感，反映出农村实行责任制后的新风貌。"晴空万里日中天，缓慢群翁过路间。后应前呼车减速，儿童散学助冲关。"《所见·新风》。用接近口语的表现手法，描写了一处助人为乐的场景：几个刚放学的孩子，帮助一群老大爷过马路。"远看灵峰化气缭，半山青绿半山潮。谁支底蕴能源足，日照蒸蒸上碧霄。"《望大岭山》。为什么此山观音寺的香火那么旺？正因为是民族文化的政策好。"日照"一词足以表达诗的意境，此诗同样极为平淡，自然。

　　诗歌中还有一种具有哲理性的诗，应该说很有可读性。如《晨练抓拍三首》："清烟锁半楼，远看似云游。好胜身临品，须舆兴尽休。"《雾楼》；"岸物原佳态，风姿入画诗。近池瞧映水，换位更神奇。"《倒影》；"水草隐其真，朦胧闺秀神。八方移步赏，柳暗又惊春。"《隐石》。这三首诗没有艳丽的词句，但有一定的哲理。分别反映了有一些事远看更美；有一些事应该换位思考；有一些事必须全面地看。类似哲理性并带有禅意的诗也有一部分，如"谁著趣时春意浓，芳枝草荚碧波重。花师且趁随阳剪，别有妙思非此冬。"《环骑瑶湖逢江铃三友一同赏景》。"众鸟腾空草野黄，相融天水漫无疆。若能回眼千山外，万物皆空满心光。"《与万水平先生骑行南矶山远望》。本书诗歌的可读性，不仅是语言的平淡自然，而更能在平淡中见思致。再看下面两首参观画展之作。"何处洞天如此神，峰腾瀑舞紫烟存。手挥将欲呼童子，蓦地方知是画魂。""立以轩前思问路，迎来数蝶过东墙。好奇随意跟踪走，一路居然到画廊。"这两首诗语言十分平淡，几乎就是口语，尤其是第二首，只要读者细细思之，为什么呼唤画中的童子？为什么蝴蝶引路去画廊？便能得出答案——画活了。

"斜阳云隙探，七彩月门湮。韵鼓惊崖翠，欣溪奏曲纯。"《雨后山城》。"岭动形颜组，江流影石纷"《游桂林》。类似这样的写景在诗歌中却常见，因为这是体验生活的再现，应该更有可读性。

在诗歌中有一种尝试的表现手法，用古句和对仗形成的五言排律诗，如《登塔望南疆》《泰国游随键》等，算作是本书的雅俗共存吧，得有待于和读者共同探讨。

二、书中散文的可读性在于作者以简洁、古朴的语言道出了热爱生活，热爱自然的志趣。在此选几篇作个简单的说明。

《家乡的趣闻轶事·黄犬巷》言简意深。告诉我们机会永远是给有准备的人；《家乡的趣闻轶事·国勃断山》故事短而精，迂回曲折，说明了破坏环境是要害死人的；《观海听涛》从不同角度的观察顺序描绘海面浪涛的变化，阐述了美化使人益善的道理；《种豆南山下》借助家乡的一角，描写了家乡四季之美，抒发着家国情怀。

这些散文虽文字不多，但很有可读性。辞赋般的语境，简洁而古朴的语言，偶尔夹上一两句浅近的文言句法，无意中透出古韵，让文理别具一格。尤其是《异域风情》《台湾趣事》等，更是情趣万千，使读者有又见一村之感。

以上是从书中的主要部分（诗歌、散文），作两点形式表现内容的可读性简述，以便读者更好地了解我们是怎样与时俱进的。

刘宝崴

2023 年 8 月

同道挚友贺词
（以姓氏笔画为序）

临江仙·贺邓水发先生《种豆南山下》一书付梓

田　衣①

得一人生知己，
有缘莞邑相逢。
舞文弄墨两同宗。（书画同源）
挥毫书万象，
著墨画拙浓。

几度春秋虽过，
忆君笔致云龙。
瞬间满纸势争锋。
散文含智趣，
诗句蕴清容。

【注释】

①田衣，笔名翠竹衣人，湖南湘潭人，画家。湖南美协会员，湘潭市诗词学会会员、民间美术研究协会理事、文史研究学会理事，齐白石画派传人。其父田翠竹，原中华诗词学会顾问，《南社》诗人，与柳亚子、齐白石、钱锺书为好友。

致邓水发好友

刘本俊①

老来邂逅本无心，
因慕君书悟以真。
泼墨濡心遵八法，
挥毫落纸力千钧。
龙飞凤舞全生彩，
颜筋柳骨自得神。
铁画银钩惊四座，
狂涛飞泻一江春。

【注释】

①刘本俊，湖南澧县人，如东联校中学语文教师。

贺好友邓水发《种豆南山下》一书付梓

刘润根①

传道教书名学长，活动艺中，挥笔题诗试墨；
德高望重贵乡贤，艾溪湖畔，骑行散步练拳。

书法有神，儿孙有望，老有所为传艺术；
人生无悔，事业无垠，大无其咎著文章。

【注释】

①刘润根，江西南昌人。江西楹联学会副秘书长。

七律·贺挚友邓水发《种豆南山下》一书付梓

林汉梁①

养生好动史文崇，
校导严规治理忠。
晨练健身胸臆阔，
字修务教墨精通。
拳诗琴翰寻根索，
贤德仁诚育子融。
七秩豪情书付梓，
传承艺道趣随风。

【注释】

①林汉梁，祖籍福建，江西南昌人，原南昌市青云谱中学美术教师。江西省书协会员，江西省楹联学会名誉理事，江西省诗词学会、散曲社会员。南昌市诗词学会理事，市书协、美术家协会会员，市残疾人书法协、写作协顾问。青云谱区老年大学和文化馆书法、国画教师。

贺好友邓水发《种豆南山下》一书付梓

龚玉林[1]

赣江域畔邓书家，
风趣诗坛水丽华。
两地深昌发宿志，
人生绽放幸福花。

【注释】

①龚玉林，江西南昌人。中国教育学会书法专业委员会理事，江西教育专业委员会副会长，江西中、小学书法教育评审专家，中华诗词学会会员，南昌县书法协会、诗词协会副主席，南昌县八一书画院院长。

七律·聆听章江老歌

——恭贺邓水发先生《种豆南山下》一书付梓

黄绍武[1]

章江山水发人烟，
过往洪都爱自然。
泼墨榜书摇落简，
舐毫骊体耦耕天。
殷勤有道眸光事，
又得无涯赤膊船。
热血一腔潇洒众，
南山种豆下惊怜。

【注释】

①黄绍武，网名黄属郎，笔名江南雨、留燕往返，江西南昌人。大学本科，原西安空军学院（空军工程大学）电子对抗教研室教员。转业后在检察院工作，四级高级检察官。

贺邓水发文友《种豆南山下》一书付梓·新韵

戴后国[1]

一手工诗一手文，
山水田园世景深。
情谊满怀书锦绣，
毕生豪迈志凌云。

【注释】

①戴后国，原江西拖拉机制造厂高级工程师。江西省、南昌市书协会员，南昌市诗词学会会员。

目 录

诗歌选

渔歌子·横渡赣江 003

观鄱湖 003

春 宵 004

捣练子·登梅岭 004

双 抢 005

纺织娘 006

十六字令·登狮子峰 006

南乡子·赴柘林 007

会战猴子岩二首 008

与刘福成同志登桃花岭 009

外一首 010

过黄金洞 010

新 岗 010

元日偶成 011

闹元宵 011

清 明 012

耘 田 012

夏日晨晖 013

端午气象新 014

全民战内涝 015

朝 晖 016

范望菊同志所见 016

庆祝全国科技大会召开 017

喜 雨 017

夏夜偶成二首 018

范望菊同志所闻 018

寒 潮 019

风 019

萍 020

阳春曲·兴修水利（曲韵） 020

漫 兴 021

刘远村度社日 021

尤口村度清明 022

题《西厢记·待月》图 022

办年货 023

蝶恋花·夜过滁槎渡口 024

咏 荷 024

雨后山城 025

闽地度半年节 026

福建邵武度元宵即兴 026

与学友月亮塘边晨读 027

浪淘沙·友约 027

鄱阳湖畔玉丰村做客 028

清平乐·族谱告成 028

雨 耕 029

勤妇吟 029

亦行医 030

咏 梅 030

为刘摄影师题照 031

哈市度闰节 031

抗 洪 032

小 草 032

勤 学 033

园 丁 033

读《连升三级》 034

题上海靖南旅社 034

游杭州 035

盛 会 035

亦下海 036

题聚怡堂重修 036

点绛唇·咏山菊 037

宣化黄尘 037

庆香港回归二首 038

无 题 039

赌场一览 039

外地办事见闻十八首 040

邓坊小学校歌 047

吹玉笛 048

拉二胡 048

抗 洪 049

清平乐·庆祝新中国成立
　　　五十周年 049

江南好·喜庆澳门回归 050

所 闻 050

别赖南海先生赠言 051

夜宿紫清山 052

高新区第二小学校歌 053

落梅风·单调（曲韵） 054

北京盘古宾馆 054

清平乐·贺新年 055

忆秦娥·答莫力华先生 056

花 品 056

南昌公园 057

天净沙·越调（曲韵） 057

越王阁怀古 058

虎门怀古 058

登塔望南疆 059

黄云演先生谱赞 060

梅岭更生村访友 060

与文红女士论学书（新韵） 061

答王、陈二位同仁 061

游粤晖园 062

游同沙 063

游桂林 064

种豆南山下

羊城夜景 065

广东度冬至节 065

访刘宝岭先生 066

次韵刘宝岭先生 066

上海乘高铁 067

游周庄古镇 067

游瞻园 068

赴龙南（新韵）..... 068

九月九日傍晚登水濂山 069

湛江潮 069

庆"神八"与"天宫"对接 070

枣庄冬日 071

所　乐 071

晨　练 072

千岛湖果园摘草莓 072

莞城圣诞节 073

儿歌·可爱的家乡 073

与重庆吴远素女士随键三首 074

东莞老年大学即兴 075

习隶有感 076

泰国游随键 077

台湾游随感三首 078

台湾如此多娇 079

玉龙雪山 080

游张家界（新韵）..... 082

题田衣女士《竹》画 082

答左自坚先生 083

贺广东正业科技公司上市 083

为小云内侄千金之名励志 084

为林根内侄令郎之名励志 084

题东莞老年大学集体照 085

题《山菊》图 085

韩国游·济州岛所见 086

幽　兰 086

游麻涌二首 087

访肖国强先生 088

访中国干部书画院东莞分院 088

游台山 089

海　南 090

网答·和田衣女士 090

网答·刘福成先生 091

逸情草堂随键（新韵）..... 091

游西安二首 092

庆南昌邓氏文化研究委员会
　　成立 092

柬埔寨观光随记三首 093

漫步柬埔寨主干道 095

游白云山 095

发表书法作品外一首 096

发表硬笔书法作品外一首 096

和林汉梁先生 096

南洋观光 097

元旦越南岘港观光 098

海上观舰 098

劳动节专刊征稿 098

万强、徐祥奇俩外孙高考
　　即兴 099
游南矶山 099
庆祝江西邓氏文化研究会在南昌
　　成立 100
大西北之行 100
所　见 105
游三清山 106
所　见 107
机窗瞰海南岛 107
游亚龙湾（新韵） 108
天涯海角望远 108
印象海南 109
飞抵巴厘岛 110
游情人崖 110
金巴兰海滩 111
魔鬼岛奇观（新韵） 111
全球华人书画家笔会 112
印象印尼 112
坐　斗 112
熊培基先生解惑 113
参观饶世玉先生画展 113
桂　山 114
万绿湖联想 115
参观河源文化博物馆 116
访　友 116
教师节即兴 117
渔歌子·网答姜景波先生 118

新中国成立 70 周年大阅兵 118
出席第 65 回东洋书艺展 119
富士山·忍野八海（新韵） 120
奈良公园·神鹿（新韵） 120
闻广岛·望伏见稻荷大社 121
欣赏油画《鞠躬尽瘁》 121
全民抗疫 122
咏抗疫前线之白衣战士 122
诗二首 123
江西榜书精英谱赞 124
游磨盘山 124
浏览抖音《鉴赏翻车》即兴 125
游井冈山五首 125
应涂烈先生之约为昱蕊芳名
　　励志 128
南昌市诗词学会采风《建军塑雕
　　广场》咏渡江帆船 129
看昨晚《江西新闻联播》报道
　　"吴城孤岛第一天" 130
庆祝北斗三号全球卫星导航系统
　　建成暨开通 130
酷　热 131
庐山避暑二首 131
秋日骑行 132
晴日观橘 133
雨后赏花 133
诗二首·庆中秋　迎国庆 134
海昏侯博物馆开馆即兴 135

種豆南山下

重　阳 135

呼唤和平 136

游灵山二首 136

日　出 137

纪念毛泽东诞辰 127 周年榜

　　书展感怀 138

潮　流 138

早　春 138

忆江南·贺新年 139

暖　春 139

赞喀喇昆仑卫国戍边英雄 140

牛气冲天 140

牛年赏春 141

高新图书馆 141

南湖红船 142

诗三首·客至品茗 142

春日骑行 143

江西第七届榜书展 143

晨练抓拍三首 144

题廖诗琪后生国画《莲鱼图》..... 145

观林仰东女士绘画 145

参观林汉梁先生《百米井冈》

　　画展二首 146

内蒙古之旅四首 146

初　秋 148

游仙女湖二首 148

诗二首·福山行 149

诗二首 150

诗二首 150

文化古镇游二首 151

水调歌头·鄱阳吟 152

赣东北之行·感遇三首 153

环游鄱湖·所见三首 154

迎春气象新 155

环骑瑶湖逢江铃三友一同

　　赏景 156

江西榜书创研中心组织书法家

　　进社区写春联 156

赏　雪 156

春日五友小聚 157

鱼尾洲公园赏春二首 157

春到家乡·古风三首 158

前湖春色 159

莞行三首 159

诗二首·览胜大觉山 160

"七一"即兴 161

感　遇 161

靖安之美 162

贺田衣女士寿诞二首 162

四友论佛 163

骑行所见 164

探幽落星墩 164

赠查九年先生 165

为饶世玉先生画作即兴三首 165

题画·画师 166

题画·春日山行 166

题画·胡杨 167

题画·红霞 167

与万水平先生骑行南矶山

　　远望 167

秋日与同事登梅岭老四坡

　　二首 168

冬日雷雨 168

南行所见三首 169

石　园 170

年　味 170

参观孙中山故居 170

古风·清平 171

李甫香先生约稿 171

古风·题画 172

癸卯清明 172

散步欣赏广场舞 172

重修邓氏族谱大功告成 173

售楼一角 173

重庆夜色 173

古风·吃火锅 174

成都基地欣赏熊猫 174

酣游万绿湖 175

楹联选 🦋

散文选 🦋

雨后芙蓉 191

新春访友 191

田野秋色 192

太阳岛随笔 193

聚怡堂记 193

武宁行 194

苇原说 194

仁佳老师谱赞 195

圆门新园 196

种豆南山下 197

家乡的秋天 200

异域风情 201

台湾趣事 204

学书乐道 209

观海听涛 210

观　云 210

家乡的趣闻轶事 211

习隶之序 213

附：中国书法简史一览表 223

后　记 232

诗歌选

渔歌子·横渡赣江①

一泻章江②万马狂，
何来勇士锁其缰？
迎浪搏，
逆风翔，
龙宫捣毁欲擒王。

1966 年夏

【注释】

①时，毛泽东在武汉横渡长江，举国上下积极响应。作者参加了
这次活动，由公社武装部组织。

②章江：赣江古称。"章江城"南昌历史地名。

观鄱湖

鲸背遥看起，
前瞄浪袭垒①。
雄志斗地天，
冬固春夏毁。

1968 年春

【注释】

①垒：土筑的挡水堤，即围湖造田。

春　宵

夜静花移影，
枝头露湿身。
嫦娥窥水笑，
老割①守荷陈②。
偶见莺飞扑，
时闻鲤跃频。
曲径通绝处，
便是富江春。

1968 年夏

【注释】

①老割：一种野生牛蛙。

②陈：陈述，此指蛙鸣。

捣练子·登梅岭①

寻洞府，
入雄关②，
绕道崎岖揽月间。
叠叠层层追幻影，
葱葱郁郁隐溪潺。

1968 年夏

【注释】

①时，作者在梅岭任家村为集体办事。

②雄关：在梅岭紫清山。相传春秋末期楚国人，吴国大夫，军事家伍子胥在此设关。

种豆南山下

梅岭主峰〔邓水发摄影〕

双抢①

插秧岂弃划行器，
斜侧竖横安整规？
农务时机不觉过，
坐享②北风谁越池？

1969 年 7 月

【注释】

①双抢：长江下游一带夏季农业生产的抢收抢种。

②坐享：人们坐在树下等待人工划行。

纺织娘

良妇叽叽喳，
怯怯棉纺纱。
忽然群吠入，
霎时成傻瓜。

1969 年 11 月

十六字令·登狮子峰①

娇。
折尺量山上碧霄。
黄莺唱，
滴水刻岩雕。

1970 年 7 月 7 日

【注释】
①作者参加弯里铁路会战与营部战友登此山。

南乡子·赴柘林

过越云山，
曲折盘旋尽兴攀①。
跃上层层罗汉叠，
仙间。
万壑千岩若等闲。

不畏辛艰，
取胜豪情定凯还。
参战大军今禹领②，
刹关。
呼召修河改旧颜。

1970 年 8 月 19 日

【注释】

①尽兴攀：当时的交通工具是农用拖拉机，人货共载，翻山越岭。尽兴，指司机非常的责任感。

②禹领：禹，大禹，五帝之一。据说大禹带领队伍治水，三过家门而不入。典出《孟子·滕文公上》。

会战猴子岩①二首

一

山神闻悉走，
水怪愕溜颠。
十万精兵驻，
柘林书巨篇。

二

长龙擎在手，
大岳挂于肩。
指令山开道，
福民②千万年。

1971 年 2 月

【注释】

①猴子岩位于江西省永修县、武宁县之间，是修河要挟之处。省相关部门组织十万基干民兵在此截流筑坝修水库，用以发电灌溉。时称"五新电站"，后改为"柘林水库"，现称"庐山西海"。当时作者是营部财务组会计。

②福民：造福于民。

与刘福成①同志登桃花岭

东风送暖入云间，
逸步轻松上大山。
展望修河层浪舞，
环巡秀岭叠峰攀。
高歌战地人潮涌，
巨手②居空水脉关。
石起花飞雷雨下，③
嶂移叶落雾云还。
框车引力④龙惊走，
糯土夯墙⑤虎惧弯⑥。
壮志满怀齐奋力，
敢呼寰宇换新颜！

1971 年 3 月

【注释】

①刘福成：营部政工组干事，后任钱岗小学校长，现已退休。

②巨手：指挖土机群。

③石起花飞雷雨下：指爆破炸山。

④框车引力：用牵引机帮拉人力板车上坡。框车，指装有框架的板车。

⑤糯土夯墙：糯土，黏土。水库的核心墙是用此土所筑。

⑥弯：绕道。

外一首

畅聊微憩竹林前，
苦笋破岩争领先。
采得回营调美味，
山民摆手笑翻天。

过黄金洞

猿鸣雀跃绿廊躬，
跋涉登天客玉宫①。
渐觉眼前飞白②处，
溪流绽笑逐岚风。

1971 年 5 月

【注释】
①客玉宫：做客于玉皇宫。
②飞白：瀑布。

新 岗

登山汗莫珍，
不懈满衍①春。
起步何须隔？
勤谦贵日新。

1972 年 3 月 1 日

【注释】
①满衍：充满而广布。出自宋·王安石《答韶州张殿丞书》。

種豆南山下

元日偶成

瑞雪呈祥兆，
烟花报岁归。
城乡光彩溢，
十载貌今稀。
小子堆冰玉，
爷们放炮威。
张灯忙妯娌，
个个乐生辉。

1977 年元旦

闹元宵

夜半人声沸，
鼓锣倾耳颠。
龙灯千户舞，
小镇史无前。

1977 年 3 月 4 日（元宵）

清 明

久雨正阳照，
长空彩练舞。
治年春早归，
历程圣辉①普。

1977 年 4 月

【注释】

①圣辉：圣德之光辉。出自晋·陆云《圣德颂》"瞻仰山川，旧物
不替，永惟圣辉，罔识所凭"。

耘 田

耘田暮春，
漫野茵茵。
白鹭点绿，
除草辛辛。
锄一苗醒，
锄二草贫。
欲尽杂稗，
锄三功真。

1977 年 5 月 7 日

種豆南山下

家乡的夏日晨曦〔邓水发摄影〕

夏日晨晖

寅时出户卯时归，
仲夏晨行最胜期。
翠岭彤彤红日启，
明湖澹澹绿波漪。
遥观彼岸炊烟上，
近赏农家彩凤追。
玉落荷盘光灿闪，
鸾登碧树美腔怡。
篱墙蔓架花齐放，
水畔群鱼燕纷嬉。
户户广播传捷报，
村村钟撞促工施。
乡民一路欢心语，
大众全勤理道危。
更喜朝晖春意暖，
山河处处展生机。

1977 年 6 月 7 日

端午气象新

曙时爆竹响，

社员鼓声荡。

老少更新衣，

相呼赛船赏。

晌午天正佳，

户户扬节花①。

举杯互祝福，

宾主欢无涯。

夜间灯火红，

餐是御膳宫。

歌舞雅致礼，

治年情最隆。

1977 年 6 月 21 日

【注释】

　①节花：新鲜艾枝和菖蒲。南昌风俗是农历五月初一早晨将其挂在门窗上，节日午后便收藏。午时宾主共饮称为闹节花。

种豆南山下

全民战内涝

戴月齐上阵，
追赶分秒争。
布局派任务，
运料颠①五更。
欲晓大锣响，
全民险情抢。
壮士冲当先，
历者②点沙场。
日午如烧薪，
岸堤飘白尘。
热风唤人困，
任重谁走神？
暮临欠光亮，
晚餐送堤上。
轮次征地天，
越战越劲旺！

1977 年 6 月 29 日

【注释】

①颠：跳起来跑；跑。

②历者：有经验的人。

朝　晖

檐前夜雨洗黎明，
稻吐芳菲世界清。
燕舞莺啼莲莞尔①，
一轮红日伴蛙声。

1977 年夏

【注释】

①莞尔：微笑。"莞尔一笑"，出自《论语·阳货》。

范望菊①同志所见

一道彩虹夕照映，
稻呈橙绿遥山青。
蟪蛄②岂知春秋事？
不屈蜻蜓③杆独停。

1977 年夏

【注释】

①范望菊：中小学教师，"文革"后同作者在一个单位工作。

②蟪蛄：蝉的一种。"蟪蛄不知春秋"出自《庄子·逍遥游》。

③蜻蜓：昆虫。喜立于独杆上，孩童用鞭对准其一击便死，后面的前赴后继。

種豆南山下

庆祝全国科技大会召开

入殿精英尽俊才，
良师巨匠总①登台。
神能各显强华志，
伯乐识途兴未来。

1978 年 3 月 26 日

【注释】

①总：毕竟。

喜　雨

久旱逢淋到处春，
扬鞭午夜力耕①频。
田头地角人怡悦，
窘水穷山貌豁新。

1978 年 7 月 19 日

【注释】

①力耕：犁田。

夏夜偶成二首

一、观鱼

晚风乱吹池满波，

有鲤硬说无鲤多。

一片清水见弄浊，

阳鱼逐浪阴鱼窝。

二、扑蛙

南池多益蛙，

护苗农友夸。

本为众除害，

反有人捕它。

1978 年 7 月 21 日

范望菊同志所闻

一伙夜蛾无绪飞，

见光急乱围成堆。

世务不知去扑火，

自投罗网终入灰。

1978 年初秋

种豆南山下

寒　潮

昨午单衣暖，
今晨格外寒。
狂风迷野卷，
冷雨满山钻。
路阻人难走，
江翻浪起团。
渔夫短袖作，
炭者赤身拼。
妇幼围炉话，
媪翁关户安。
冰凉畏壮士，
迭雪爱衣冠。

1978 年 10 月 27 日

风

一夜张扬净树桠，
浑黄细粒捣天家。
长飙亦爱侵人弱，
俭户孩童落絮花。

1978 年 12 月 1 日

萍

人称自在飘浮好，
我斥糊涂走一场，
陋世存留多少日？
空来空去没泥浆。

1978 年 12 月 20 日

阳春曲·兴修水利^①（曲韵）

清流绕镇沿山蹿，
上下农田好乐欢。
汛期排出旱期灌，
天地攥。
风景画图般。

1978 年 12 月 28 日

【注释】

①邓水金设计并主持开挖的乡村农田排灌渠道即日大功告成，使农业生产旱涝保收，此工程并获县市嘉奖。此词是当时的板报稿改编而成。

漫　兴

疾风撼茅屋，
阵阵呼汪汪。
催母见义妁①，
天赐宏毅郎。

1979 年 10 月 11 日

【注释】

①义妁：汉代著名妇产科女医。

刘远村度社日

和风亲社日，
细雨恋春分。
浊酒催宾乐，
佳肴宴友君。
村前禽兽走，
屋后竹林薰。
晃晃来回客，
人人笑逐云。

1980 年春

尤口村度清明

花繁柳绿雨晴天，
雾系农家伴袅烟。
候主亭边含笑貌，
行人路上互搭肩。
堂前畅叙藏心事，
席后遐扬咏治年。
满户高歌声震宇，
全庄醉汉舞翩跹。

1980 年 4 月 4 日

题《西厢记·待月》图

玉笛破云嫦娥笑，
悄上树枝梢。
移影西厢窗前挑，
正时娇①。

秋风入院张君②走，
月儿不照，
花儿即瘦。
笛声怨如箫。

1980 年 11 月 1 日

【注释】

①正时娇：此时窗外夜景最美。娇，美。

②张君：《西厢记》中的主人公。

種豆南山下

022

办年货^①

线^②串梨花^③漫天摇，
落地绿现了。
赶集购物人如潮，
尽堆笑。

笋担春风篮提票^④，
两俩相邀。
别情河庙，
踏着欢歌走。

1981 年 1 月 29 日岁次庚申腊月廿四

【注释】

① 1980 年农村实行责任制后的新风貌。

②线：随风斜插的雨。

③梨花：指小雪片。

④票：钞票。

蝶恋花·夜过滁槎渡口

星拱夜阑天碧朗，
月照农家，
堤岸熙风荡。
远处声声蛙小响，
静听切切情春盎。

北顾河间灯火旺，
点点移船，
映得瓜棚亮。
玉燕惊飞渔筏唱，
江村徐出青纱帐。

1981 年 3 月 19 日

咏 荷

出水红衣女，
婷婷舞袖斜。
随风香十里，
映日茂春华。
立池身有骨，
生淤品无瑕。
形娆神洁朴，
惹得世人夸。

1981 年 6 月 17 日

種豆南山下

家乡的荷塘（邓水发摄影）

雨后山城①

一阵翻腾过，
山城世界新。
斜阳云隙探，
七彩②月门湮。
韵鼓③惊崖翠，
欣溪奏曲纯。
村民当向导，
漫话乃宗亲。

1981 年 7 月 15 日

【注释】

①山城：福建省南靖县的山区小镇。

②七彩：彩虹。

③韵鼓：闷雷。

闽地度半年节^①

家家递果送糕前，
个个迎宾是酒仙。
一阵排山神伍出，
风情别致闹掀天。

1981 年 7 月 16 日岁次辛酉六月十五

【注释】

①半年节：流行于福建、台湾一带的传统风俗节（一年的中间），
农历六月十五日，也有六月初一的。

福建邵武度元宵即兴

爆竹云天响，
灯光亮铁城。
龙腾狮舞跃，
路路乐欢声。

1982 年 2 月 8 日

闽地度半年节[①]

家家递果送糕前，
个个迎宾是酒仙。
一阵排山神伍出，
风情别致闹掀天。

1981 年 7 月 16 日岁次辛酉六月十五

【注释】

①半年节：流行于福建、台湾一带的传统风俗节（一年的中间），
农历六月十五日，也有六月初一的。

福建邵武度元宵即兴

爆竹云天响，
灯光亮铁城。
龙腾狮舞跃，
路路乐欢声。

1982 年 2 月 8 日

与学友月亮塘边晨读

方塘一鉴开，
碧水聚源来。
绿浪推苗熟，
清泉养穗堆。
傍荷经典诵，
映日满心回。
刻苦多收利，
荫成自崴魁。

1982 年 6 月 21 日

浪淘沙·友约

日暖送东风，
檐耀灯笼。
乡村宾客道无穷。
手捧肩扛相坦笑，
喜庆年丰。

杯举话由衷，
畅饮豪雄。
天翻地覆醉朦胧。
多谢砚君浑腊酒，
味美情隆。

1983 年 1 月 1 日

鄱阳湖畔玉丰村做客

湖退洲黄，
渔家更忙。
旱河找鱼，
岸滩寻蚌。
衣兜蛋，
手抠蒿，
瓢舀螃，
人人喜气洋洋。

1983 年 1 月 8 日

清平乐·族谱告成^①

祥云献瑞，
老少皆欢醉。
地动惊天擂进鼓，
万众山呼胜利。

东风又绿神州，
春阳笑看人流。
翰墨长书志表，
来昆^②更上高楼。

1984 年岁次甲子春节

①《牛里邓氏族谱》"文革"全毁。作者花九年时间才主编并撰写成功,包括布面世系挂图的设计和书写。全书3集,共32万多字。

②来昆:子孙后代。出自明《刘基祖父永嘉郡公诰》"松揪有耀,益厚来昆"。

雨　耕

滚滚雷雨急,
蒙蒙溅眼花。
寥寥①举鞭②者,
切切忙田家。

1985 年 4 月 19 日

【注释】

①寥寥:少,无几。
②举鞭:指农夫舞动牛鞭催牛卖力,有时还配合声音吆喝。

勤妇吟

草满庭房亮满堂,
深更主妇织编①忙。
斯因丈夫专攻读,
抢挤时间赶罢秧。

1985 年 5 月 3 日

【注释】

①织编:用稻草编制一种包装袋。

亦行医

当午炉火颠,
渔者殂^①池边。
奇妙针穴点,
起死真回天。

1986 年 8 月 5 日

【注释】

①殂:死亡。此指休克。

咏　梅

寒风凛凛赋志,
叠雪皎皎予神。
浩浩浑身正气,
铮铮玉骨无尘。
独占岁首,
领来万紫春!

1988 年 2 月 7 日

为刘摄影师题照

一枝笑出墙露，
醉破云雾。
欲开春扉关不住。
迎风舞，
弄得粉蝶紧相慕。
飞向茅庐，
浑身解数，
惊醒梦里度。

1988 年 3 月 10 日

哈市度闰节

火树银花曝满城，
楚风东北亦兴行。
平凡巷陌《离骚》^①品，
异域他乡《望月》^②情。

1990 年 7 月 9 日

【注释】

①《离骚》：屈原作品。
②《望月》：即《望月有感》，白居易作品。

抗 洪①

山间起舞弄银蛇②，
瞬息将吞百万家。
昔日淳熙③无治法，
盲飙泛滥满天涯。
今朝大禹施良策，
管控分流改恶邪。
两代同征一怪象，
人民见证贬与夸。

1991 年夏

【注释】

①是年夏，极大洪水威胁上海。

②银蛇：典出《白蛇传》。

③淳熙：宋代年号，此年黄河缺口，人们流离失所，属历史上罕见的灾年。

小 草

——读旧作《纺织娘》联想

并非惊目并非香，
暮品甘霖昼向阳。
雪压霜欺根蒂固，
春风一夜更葱苍。

1991 年 8 月 11 日

勤　学

人们赞叹海无量，
点滴谁知起岳梁？
八面苏公①迎敌法，
学而时习入汪洋。

1991 年 8 月 16 日

【注释】

①苏公：苏轼。八面迎敌法，苏轼的一种读书方法。

园　丁

默默耕耘两袖风，
何与老板诩①财雄？
清寒苜蓿②寻尝③足，
弟子三千喜乐中。

1991 年 12 月 18 日

【注释】

①诩：夸耀。

②清寒苜蓿：苜蓿，一种价格便宜的蔬菜。苜蓿风味，比喻教书
生活的清苦。出自《儒林外史·第八十四回》。

③寻尝：平常。出自《韩非子·扬权》。

读《连升三级》

老张①官运叠叠起，
翰林院内尽和颂。
自古人正得志难，
原来无用才大用。

1992 年 6 月

【注释】

①老张：张好古，鲁迅笔下的人物。

题上海靖南旅社

蔓上东篱叶郁摇①，
径通水榭景多娇。
溪桥小院苔花惜，
绿意昭然井有条。

1992 年 6 月 28 日

【注释】

①郁摇：喜悦貌。出自《艺文类聚》卷十二引《乐稽耀嘉》："……民乃大安，家给人足，酌酒郁摇。"

游杭州

人称首景是杭州，
目睹真章①醉不休。
逝雾朦缠灵隐寺，
飞山兀突九重琉。
苏堤看柳湖中绿，
品岛环城树外楼。
处处倾情挥大笔，
蓝图闪亮自然优。

1993 年夏

【注释】

①真章：当真，真正地。

盛　会

高朋仰属聚庐堂，
款款擎杯叶韵扬。
礼让涨声人鼎沸，
相间戏指脸关张①。

1994 年 1 月 9 日

【注释】

①关张：关羽和张飞，历史人物，好酒。

亦下海

时髦赶下海，
办企晃三载。
信贷花精光，
取经富色彩。

1994 年 3 月 16 日

题聚怡堂重修

一楼标立寨中央，
半隐乾池^①半向阳。
不尽源头长坂水，
梯田沃野著军装^②。

1996 年春

【注释】
①乾池：池塘。出自西汉张衡《西京赋》"谬蓼浮浪，乾池涤薮"。
②军装：绿色。

种豆南山下

036

点绛唇·咏山菊

点点金星，

时装漫野幽香地。

竞争崇秘①。

弄影多骄异。

夜雨厮侵②，

绝不移贞志。

魂无易③。

骨坚姿魅④。

岂惧严寒示？

1996 年秋

【注释】

①崇秘：崇高而神圣。出自南朝·梁·刘勰《文心雕龙·诏策》。

②厮侵：侵凌，冒犯。出自《西厢记》。

③易：改变。

④魅：魅力。

宣化黄尘①

塞北三春梦幻频，

黄龙漫舞面纱巾。

蒙头示手推门入，

载道烦心咒落尘。

1997 年 4 月

【注释】

①黄尘：沙尘暴。

庆香港回归二首

一

港子今朝著丽装，
分离百载总归乡。
询公①治岛何良策？
两制一中②强国方！

二

一席台风卷满清，
百年征战降③侵英。
收归失地人欢乐，
历数风流颂小平。

1997 年 7 月 1 日

【注释】
①公：邓小平。
②两制一中：一中，一个中国。即"一国两制"。
③降：降英国国旗。

種豆南山下

无　题

梓树阳春损一枝，
冰寒未去再霜欺。
甘霖幸好宜时①洒，
苦尽甜来必胜机。

1997 年 12 月 9 日

【注释】

①宜时：适时。出自汉·焦赣《易林·解之巽》"宜时布和，无所不通"。

赌场一览

推门烟雾袭人心，
满地垃圾满地金。
昨夜抽丰①应进斗，
输家多少暗无音。

1997 年 12 月 20 日

【注释】

①抽丰：亦作抽风。利用各种关系和借口索取财物。

外地办事见闻十八首

一、长沙

橘子洲头美如画：
音响超大，
摊位撇捺，
酒旗高挂，
人声哇哒。

二、岳阳楼

步入云间，
浪掀船环。
定神一看，
却是君山。

三、武昌环卫

"噼！"
"随地吐痰罚款五块。"
有几个苍蝇嗡嗡叫，
四处烂菜。

四、合肥

合肥驿站，
满是人围。
鼓鼓荷包，
即时减肥。

種豆南山下

五、巢湖

黑山脚下黑水堑，
传说缘地陷。
水染色，花塑鲜，
树摘帽，草黄边。
望远，望远，
棍棍①顶天。

【注释】

①棍棍：烟囱。

六、南京·雨花台

雨花石容似雨淌，
问其何故诉倭邦？
三十万，
尸骨葬，
此深仇，
岂能忘！

七、徐州·露天广场

见怪不怪，
乞丐相懈。
广场睡拥，
路人眼卖。

八、连云港搬家

刚上车，

遇搬家。

炉火、扫把牵头拿，

挑水、担米碗筷八，

还有红包发。

家族一群人，

堵车不放行。

让你饱眼福，

品赏民俗情。

九、夜宿济南

匆匆歇济南，

二月不成寒。

店主恭和蔼，

游人礼品端。

虹桥车漫暖，

野漠水溅干①。

弟子②园林遇，

师生分外欢。

【注释】

①野漠水溅干：黄河干涸，河床全是白沙。

②弟子：作者的学生熊坚，当时在济南大学读书。

种豆南山下

十、潍坊车站

眼前冽光迫，
阵风卷剑坼。
呐喊咣当声，
痞首渗衣赤。

十一、台儿庄怀古

血战台儿庄，
丹青闪九光。
匪邦魔鬼现，
一梦①做洲王②。
大地英雄起，
群龙灭豺狼。
时闻轰世界，
万代永垂芳。

【注释】

①一梦：即"南柯一梦"。典出唐代李公佐《南柯太守传》。
②洲王：亚洲之首领。

十二、诸城小镇

真怪，

小河洗衣地上甩，

手不搓挤沙面晒。

几天收来，

即穿街头嗨。

更怪，

饭后餐具不水摆，

竹刷刮碗筷。

你若挑剔，

他还不卖。

十三、临沂所见

蝉鸣树，

螂在阴。

雀跟后，

欲其擒。

知求缓，

暂委心。

石投递，

相无侵。①

【注释】

①石投句：投石攻树。典出"投石问路"。

十四、商丘叟者说

商丘怪叟盲，

出语济颠①狂：

此邑无形小，

治安多妙方。

朱装蹲旅馆，

便服设衢岗。

一示通行证，

飞黄②办事昌。

【注释】

①济颠：佛教中传说的济公活佛。

②飞黄：古代传说中的一种神马，跑着跑着便能飞起来。即飞腾。出自唐·韩愈《符读书城南》"飞黄腾踏去，不能顾蟾蜍"。

十五、端正好·正宫·兰考见闻（曲韵）

历无茅①，

人烟少。

追其故？

碱女②牢骚。

老焦③带领全民造，

绘出丽人貌。

【注释】

①历无茅：历来寸草不生。

②碱女：盐碱地。

③老焦：焦裕禄，原兰考县委书记。

十六、过洛阳桥

洛阳桥，

入云高。

横逸碧涛，

挑起两端宽壕①。

试问母亲②何在？

已居山槽。③

【注释】

①宽壕：黄河两岸的土地。

②母亲：黄河。

③此句形容河床高于地面。

十七、廊坊见闻

树高臂转悬抓，

暗房水漫溅花，

饥寒演绎慌话。

遍体伤痂……

疾奔津沽①心嘉。

【注释】

①津沽：天津市别称。

種豆南山下

十八、滁州琅琊山看相

山弯路转摆长龙，

脸谱调和论相中。

二位同行前荡鼓[1]，

翁师言实又言空。

改革开放初期

【注释】

①荡鼓：原意是练动气功时腹式呼吸与肢体的配合。此指摇摇摆摆地前去看相。

邓坊小学校歌[1]

两湖伴赣江，

拥抱一座小小山岗。

在这块红色的土地上，

有我们可爱的学堂。

环境优美，

书声琅琅。

我们的智慧从这里起航。

园丁辛勤浇灌，

幼苗茁壮成长。

在这块红色的土地上，

赋予我们更大的理想。

好好学习，

天天向上。

我们的目标是三个面向[2]。

1998 年 5 月

诗
歌
选

【注释】

①邓坊小学创建于 1950 年，原型是民办小学，20 世纪 70 年代才属于公办完全小学。新世纪初，南塘、鱼尾两所小学并入后，更名为"南昌高新邓坊小学"，现名为"高新区艾溪湖第二小学"。此校歌曾得到市团委领导的赞许，词、曲是作者完稿。后来此校歌被编入作者所撰写的《邓坊小学校志》中。

②三个面向：面向祖国，面向世界，面向未来。

吹玉笛①

气畅横空鼓努②行，
灵通七孔似鸾鸣。
当年不染湘妃泪，
岂有如今满誉声？

1998 年 6 月 2 日

【注释】

①作者素质教育兴趣课——"笛子教学"在南昌电视台展示后即兴。

②鼓努：一种气功的练功方法，此指运足气吐音。

拉二胡

微微两线千斤扣，
战鼓轰隆马不停。
稳坐平衡高下摆，
唯听曲调绕梁馨。

1998 年 6 月 9 日

抗　洪

大雨起滂沱，
挥间变恶魔。
群狮威震赫，
岂惧老龙戈？

1998 年 7 月

清平乐·庆祝新中国成立五十周年

春风绿地，
指点江山丽。
且看人民强国志，
谁不如歌似醉。

国防两弹蝉联，
飞船火箭冲天。
改革大潮壮阔，
一国两制新篇。

1999 年 9 月 26 日

江南好·喜庆澳门回归

春雷震,
华夏谱新篇。
举国欢腾歌盛世,
万花灿烂现尧天。
喜庆澳门圆。

1999 年 12 月

所　闻

偷者见珍品,
掩门将手伸。
忽然电话响,
好奇接耳询。
顿时傻了眼,
原来家主人。
意欲挂其线,
突然飞棍抡。
未等贼防备,
从后挥上身。
哎呀击得叫,
回首方知因。

2002 年 10 月 12 日

别赖南海①先生赠言

相处不长情谊长，
君之气度非寻常。
纵使争论倔无止，
箭上弦时都未张。

2003 年 7 月

【注释】

①赖南海，原邓坊小学校长。

梅岭紫清山瀑布（邓水发摄影）

夜宿紫清山

朝别紫清山，
依依不欲还。
诗情天柱路，
画意古雄关。
甲背神奇石，
藤包贯朽①岩。
醉心原野味，
幻境聚光间。②

2004 年 10 月 19 日

【注释】

①贯朽：富有。出自《史记·平准书》。
②用聚光灯围猎野猪。

高新区第二小学校歌①

（殷文红修改）

蓝天白云飘，
赣江碧水笑。
书声琅琅歌声扬，
小鸟枝头跳。
二小环境多优美，
为我们成才架金桥。

花儿烂漫开，
园丁辛勤浇。
传承文明勤发奋，
更上一层楼。
胸怀兴华宏伟志，
要把和谐社会蓝图描。

2006 年 11 月 6 日

【注释】

①殷文红，艾溪湖第二小学校长。此歌词殷文红修改，歌曲张菊梅、徐小云调整，作者完稿。

落梅风·单调（曲韵）

——读《茶花女》联想

径花美，
醉自欺。
任人蹂、
泪含心碎。
一朝没沉灰凼里，
有余香亦无名位。

2007 年 3 月

北京盘古宾馆

灯楼绿树漫街华，
客似川流宿此家。
少妇台边松下①坏，
温馨店主快帮查。

2007 年 7 月 17 日

【注释】

①松下：松下牌相机。

种豆南山下

清平乐·贺新年

梅开满树,
笑问春归路?
唤与东风询去处。
皆曰君家常驻。

金猪留下福熊①,
玉鼠送进财翁。
春夏秋冬好运,
新年万事兴隆。

2008 年春节

【注释】

①熊:一种笨拙而阳刚的动物。

忆秦娥·答莫力华①先生

劳动节，
人们欣喜倾情泄。
倾情泄，
爬山淌水，
健身如铁。

知今好友当班悦，
江山绘就多豪杰。
多豪杰，
人人弘毅，
吾、君于列。

2008 年 5 月 3 日

【注释】
①莫力华，广西人，抚州中学语文老师。

花　品

花，
都美。
最者莲与玫瑰。
摘，
棘手；
采，
下水。

2008 年 8 月

南昌公园

休闲胜地是公园，
锐斧天工景异观。
鸟语亭边双蝶比，
百花洲畔恋人欢。
东园浪水西园荡，
此岸玩狮彼岸盘^①。
最喜林间民俗舞，
文明亮丽载眉端。

2008 年 12 月 28 日

【注释】

①盘：回旋。此指盘龙。

天净沙·越调（曲韵）

——读《三国演义》随感

先皇创业搭桥，
众臣忠将撑腰。
捏步邯郸效作，
漫无边道。
终归曹氏^①俘嘲。

2009 年 3 月

【注释】

①曹氏：曹操父子。

越王阁怀古

四面环山如玉盘，
潦河浩然势长存。
越王昔日阁犹在，
坐薪含垢颠乾坤。

2009 年 7 月

虎门怀古

一门门大炮对海洋，
瞄准侵舰谱篇章。
"硝烟！反击！"林总①令，
"不落②"成狈狼③。

懦弱鼠辈清政府，
反将地割让。
自此八国联军入，
国民遭了百年殃……

2009 年 10 月

【注释】
①林总：林则徐。
②不落：英帝侵略者自称。
③狈狼：狼狈不堪之缩写。

登塔望南疆

重游深圳窗①，
登塔南眺疆。
碧空照天镜，
星岛穿黛妆。
扁舟似片叶，
巨舰如碉墙。
公路绕岸返，
宏桥飞大洋。
远望港澳外，
更显南海翔。
渔民肆勤②作，
科技勘宝藏。
船展五星帜，
礁耀中国光。
如此和谐韵，
永彰华夏昌。

2009 年 10 月

【注释】

①深圳窗：深圳"世界之窗"景点。

②肆勤：尽力勤劳。出自汉·蔡邕《中鼎铭》："公允迪厥德，宣力肆勤，战战兢兢，以役帝事。"

诗
歌
选

黄云演①先生谱赞

一树安居赣水旁，
高风亮节饱经霜。
《阳春白雪》无情恋，
《下里巴人》满院香。

2010 年岁次庚寅元宵

【注释】

①黄云演，昌东二中教师。原国民党文员，解放战争时，其随郑洞国投情。

梅岭更生村访友

腾云驾雾，
盘上峰尖。
苗枝圃育，
大树野潜。
捡山珍，
编工艺，
换油盐。
悠然自得神恬。

2010 年 7 月

与文红女士论学书（新韵）

幼小从师学画圈，
人人示出笑徒然。
歪斜折变涂生世[1]，
又有几名能作圆？

2010 年 7 月 10 日

【注释】

①生世：一生一世，一辈子。出自宋·周邦彦《玉团儿》词句。

答王、陈二位同仁[1]

纷纷桂雨满园香，
窈窈[2]婵娟谦逸光。
普庆千门谈远古，
欢腾四海觅吴刚。
听机悦耳佳音报，
贺信掀屏美篇扬。
借得金风真谊递，
声高漫诵喜如狂。

2010 年岁次庚寅中秋

【注释】

①正赏月时，王建华、陈艳俩同时从南昌发来中秋贺信。时，作者在东莞。

②窈窈：深远，暗。出自《文选·司马相如·长门赋》"天窈窈而昼阴"。宋·王安石有"暮天窈窈山衔日"句。逸光：清朗、美好的月光。典出南朝·宋·刘义庆《世说新语·赏誉》："张威伯，岁寒之茂松，幽夜之逸光。"

诗歌选

游粤晖园

岭南方地多渊博，
杰作精深万象园。
铣刻青晖①无价宝，
游丝泊梦②幻仙源。
长廊异石随情赏，
曲道清流尽兴奔。
且喜花间蝶舞树，
浑然泼墨画图繁。

2010 年 10 月 2 日

【注释】

①青晖：一种青砖雕刻艺术。

②游丝泊梦：出自宋代颜奎词句"梦泊游丝画影移"。此指砖雕如梦如幻的景致。

游同沙

江瑟瑟，
林沙沙。
垂者满载归，
游人漫步家。

星欲起，
灯渐华。
灰练^①沿湖舞，
萤虫^②遍山爬。

同沙，同沙——
美如画！

2010 年 11 月 8 日

【注释】
①灰练：沿湖公路。
②萤虫：小汽车。

游桂林

金风染桂林，
处处是人文。
岭动形颜组①，
江流影石纷。
图腾岩壁画，
彩绘武源②欣。
竹籁原生曲，
民谣漫野闻。

2010 年 11 月 16 日

【注释】

①形颜组：一种欣赏的方法。将两座以上的山形，利用不同的角度或颜色组合出新的视觉图案。

②武源：武陵源，是一个旅游景点。

種豆南山下

羊城夜景

众目机窗俯睇，
珍珠撒满邑。
如海如潮无边际，
好华丽。

刘兄①俄而反思虑，
下是天，
上是地，
试问天堂何处觅？
亚运羊城②兮！

2010 年 11 月 16 日

【注释】

①刘兄，即刘侃良，梅州实验中学校长，与作者同游于桂林。

②亚运羊城：时，正值亚洲运动会在此举办。羊城是广州市的古称。

广东度冬至节

三更惊醒爆竿①鸣，
户户家家祭祖声。
异地居民随习俗，
繁忙业务亦恭迎②。

2010 年 12 月 23 日

【注释】

①爆竿：爆竹。出自唐·来鹄《早春》诗："新历才将半纸开，小庭犹聚爆竿灰。"

②恭迎：此指放假配合。

诗歌选

065

访刘宝岭①先生

宝马扶摇上，
岭南放异光。
同仁询彼略，
志达即文章。

2011 年 4 月 22 日

【注释】

①刘宝岭，中华诗词学会会员，梅州大铺中学老师，书法家、文学家。著书有《思乡曲》《夕照青山》等。此诗被收《夕照青山》题词中。

次韵刘宝岭先生

春晓①争辉秀，
随园万紫蓬。
亭台红树合，
住户白云融。
草圃翁童闹，
幽径猫蝶疯。
文明晨暮舞，
遍地撒和风。

2011 年 4 月 28 日

【注释】

①春晓：东莞康乐花园，又称"景湖春晓"。

種豆南山下

066

上海乘高铁

眨眼似梭过，
弹指临燕秦。
昔日故事里，
今世都成真。

2011 年 6 月 22 日

游周庄古镇

江南万三①府，
钱财是粪土。
填满皇权仓，
惹来大理②苦。

2011 年 6 月 24 日

【注释】

①万三：沈万三，吴地海商。元末明初的江南第一富豪。

②大理：泛指云南。

游瞻园

夏雨沐瞻园，

清如国画魂。

堂前王谢燕①，

历数几多番？

2011 年 6 月 25 日

【注释】

①王谢燕：刘禹锡句"旧时王谢堂前燕，飞入寻常百姓家"。

赴龙南（新韵）

随儿自驾赴龙南，

一路欢歌墨画间。

起伏群山千里碧，

回文错道四方蓝①。

云移笑看河源暖，

雨洒轻描赣地寒。

小镇灯迷神话里，

挥毫写意不非凡。

2011 年 10 月 4 日

【注释】

①蓝：蓝图。此指开发。

种豆南山下

九月九日傍晚登水濂山

遥观白练①九天开，

震荡轰鸣倒海来。

塔映盆湖华舫转，

桥窥古寺贵宾徊。

蹊径雨染人声沸，

漫岭香侵鸟语催。

更爱流连城夜色，

蓬楼海市去尘埃②。

2011 年 10 月 5 日

【注释】

①白练：瀑布。

②尘埃：烦恼。禅宗六祖慧能偈语："菩提本无树，明镜亦非台。本来无一物，何处惹尘埃。"

湛江潮

——为北京姚涓明①女士中国画题句

日落沉沉归岳隐，

潮升渐渐起烟尘。

星光自此休闲去，

万物承蒙降露茵。

2011 年 11 月 8 日

【注释】

①姚涓明，满族，北京市国画艺术辅导老师。

庆"神八"与"天宫"对接

茫茫宇宙，
传说神仙领地。
嫦娥奔月，
瑶池御宴，
撒花仙女，
慕煞人间。

今日神八上天，
与天宫手牵。
世界注目相看，
中华科技超前。
飞往火星，
吓跑神仙。

2011 年 11 月 13 日

枣庄冬日

——为山东钟成①先生题照

张张白纸②满天铺，
撒墨文星③点醉图。
此地家家浓雾滚，
温房浪笑遍山鸣。

2011 年 11 月 16 日

【注释】

①钟成，山东枣庄中学老师。

②白纸：雪地。

③文星：文曲星。星宿名之一，为北斗第四星，主文运。出自《春
秋运斗枢》。

所　乐

假日陪孙满苑游，
孙将劣食便随踩。
内人拦我收回啃，
我问糟糠岂可休？

2011 年 11 月 18 日

晨　练
——与邓、熊二师习拳有感

朝攻太极拳，

奥妙悟松弹。

苦练英姿美，

恒持正气安。

心平功底硬，

意领蓄神宽。

要务强身志，

真人乃乐观。

2011 年 12 月 10 日

千岛湖果园摘草莓

瑶田垅垅蘸油光，

万绿丛中赤素①镶。

善母提篮童子采，

人人满载曲悠扬。

2011 年 12 月 24 日

【注释】

①赤素：红白二色。花，白色，果，红色。

莞城圣诞节

南华圣诞亦风弥,
扮树张灯最兴追。
极静平安无籁曲,
狂欢放荡畅心扉。
商行抢货春潮涌,
大道排龙①尾气催。
乐苑花园闲度处,
车车塞得醉人归。

2011 年 12 月 25 日

【注释】

①排龙: 堵车。

儿歌·可爱的家乡①

我的家乡是南昌,
高新区邓坊。
那里环境好优美,
两湖②伴赣江。
新修公路似蛛网,
大道富安昌③。
处处美化成园林,
鸟语花儿香。
我爱家,
爱邓坊。
那里前程似锦,
充满美好阳光。

2011 年 12 月

【注释】

①此歌套用《外婆的澎湖湾》曲，在异域的长辈教晚辈孩子们唱。已收入《牛里邓氏族谱》。

②两湖：指艾溪湖和南塘湖。

③富安昌：指富大有路、安乐堤（现拼入富大有路）、昌东大道此三条公路。

与重庆吴远素①女士随键三首

一

君住长江头，
我居长江里。
同食一江鱼，
共饮一江水。
虽隔路千迢，
同样心灵美。

二

网络新奇定无则，
飞击键盘似笔墨。
寻常信手三两行，
激情欲敲敲不得。

三

纷雨飘眼前，
朦胧纱舞翩。
浏览网络里，
知识全时鲜。

2012 年 9 月 10 日

【注释】

①吴远素，重庆市万州中学教师。

东莞老年大学即兴

年高误读是枯桠，
大学回春二度花。
乐曲弹琴融万象，
诗书绘画入云霞。
强身健体如飞李①，
跳舞欢歌似幼娃。
教练名师庄老论，
同堂学者乐安家。

2012 年 11 月 12 日

【注释】

①飞李：汉代的飞将军李广。

习隶有感

汉隶寻常写扁身，
横平竖直靠锋均。
孤型独字蚕头燕，
满幅通章锦绣春。
下笔行书多顾盼，
蝉联饱墨少思鳞。
相呼首尾疏稠①致，
一气呵成便是神。

2013 年 6 月 11 日

【注释】

①疏稠：疏与密。出自白居易《题卢秘书夏日新栽竹二十韵》"等
度须当砌，疏稠要满阑"。

泰国游随键

异域泰国逛，
出出留恋情。
多头玉象伟，
四面金佛宏。
曼谷叠车堵，
皇宫游客盈。
三合①演芭秀，
六舟漂峡争。
踏凼觅蚯垒②，
浴沙仙气烹。
公主③舞歌宴，
瑞象描书生④。
果园饱口福，
金滩尝海精。
民俗雅绝曲，
华夏一脉成。

2013 年 6 月

【注释】

①三合：芭堤岛的一种"三合一"的人体艺术表演。

②觅蚯垒：在退潮后的小水凼中，找像蚯蚓吐出的泥堆，因为泥堆下面有海贝类生物。

③公主："东方公主号"邮轮。

④描书生：绘画和书法。

台湾游随感三首

一、昭归

台湾宝岛，
无限美好。
九二共识，
昭归怀抱。

二、倭占台之因

琉民①遇难突登岛，
不问青红便斩讨。
懦弱清廷随日侵，
从此百姓命如草。

【注释】
①琉民：琉球岛渔民。

三、三代桧木

阿里山藏桧木神，
杀头何惧倭夷人？
爷们倒下儿孙再，
代代昭扬①大陆亲。

2013 年 12 月

【注释】
①昭扬：发扬，宣扬。出自《方孝孺·慎思堂铭》。

海鸟（邓水发摄影）

台湾如此多娇

台湾美如画，
幅幅留醉仙。
朦胧日月起，
梦幻阿里翩。
野柳浪飞击，
莲花风逐颠。
海吐猫眼鼻，
光吞洋面烟。
南岛古民舞，
两岸炎黄编①。
放眼邑乡秀，
游衍②何思迁？

2013 年 12 月

【注释】

①炎黄编：炎黄子孙编写统一祖国的文章。

②衍：延长。程颢有"不妨游衍莫忘归"句。

玉龙雪山①

山并非高，
但不可攀；
顶并非雪，
却布白存寒。

丽人闭目不轻开，
薄纱②遮容便诱猜。
翡池净呆，
翠瀑笑歪；
玉溪欢花，
越传越怪。
撕下神秘面纱，
石灰岩在弄卖。

2014 年 6 月 26 日

【注释】

①玉龙雪山在云南，风景秀丽，山上云雾常年不散，山下青山绿水，四季如春，被纳西人赋予成圣洁的神山。

②薄纱：水蒸气形成的雾。

种豆南山下

玉龙雪山（邓水发摄影）

游张家界（新韵）

漫兴武陵源，
情随景尽欢。
浮峰白骨现[①]，
浚涧青碑攒[②]。
十里仙人展，
深山嵌镜丸[③]。
英魔风水地，
直上凤凰峦。

2014 年 11 月 6 日

【注释】

①白骨现：《西游记·三打白骨精》在此景点拍摄。

②青碑攒：在青石板上涂抹黑漆后再刻字，黑白分明，非常美感。攒，聚拢，此指碑群。

③嵌镜丸：陷阱里的景致，受日照的影响，从上往下欣赏，相当于镜片上的中国画。视觉面积小，似小丸的动感。

题田衣[①]女士《竹》画

年年四季叶青青，
雨打风吹破石林。
闹市深山咸[②]秀态，
清高逸静总虚心。

2014 年 12 月 9 日

【注释】

①田衣：湖南湘潭画家，齐白石再传人。

②咸：全，都。

種豆南山下

答左自坚①先生

击键非凡不夜天，
六旬刚过睡无眠。
群聊网络修篁聚，
又得偷闲学少年。

2015 年 2 月 6 日

【注释】

①左自坚，湖北人。东莞市太极拳学会领导，教师。

贺广东正业科技公司①上市

徐徐春风，
国运昌隆。
凤凰翩翩，
正业亨通。

嵌名：徐国凤
2015 年 2 月 13 日

【注释】

①正业科技公司老总是江西进贤人徐利华、徐国凤兄妹俩。

为小云内侄千金之名励志

德高于道，
艺高于精。
双全盛美，
馨溢佳名。

嵌名：艺馨

2015 年 2 月 21 日

为林根内侄令郎之名励志

翔①日东方起，
风和万象新。
宇间鹏展翅，
量②景咏长春。

嵌名：翔宇

2015 年 2 月 21 日

【注释】

①翔：通祥。

②量：衡量，打量。

题东莞老年大学集体照

绿树红花雨庆绵^①，
老年联谊盛空前。
童心弄态呼"茄子^②"，
注目持衡入鹤天。

2015 年 3 月 12 日

【注释】

①庆绵：福泽绵延。出自《晋书·赫连勃勃载记》。
②茄子：当下拍集体照按快门时的统一喊声。

附：田衣女士和一首

天南地北今相逢，
万象更新情更浓。
欢聚一堂话旧岁，
展望新春滋融融。

题《山菊》图

十月小春阳，
黄花溢异香。
扎根轩^①劲秀，
傲骨笑风霜。

2015 年 4 月 15 日

【注释】

①轩：高扬。

济州岛一角（邓水发摄影）

韩国游·济州岛所见

登上济州岛，
东望狗洗澡。
浪击嗷嗷声，
越挣越没脑。

2015 年 4 月 24 日

幽　兰

长长碧叶隐花容，
淡淡清香觅却穷。
静室幽谷随志立，
恬然澹泊胜豪雄。

2015 年 5 月 7 日

種豆南山下

游麻涌二首

一、绝句

阳阴①相映染麻涌②,

绿水花情总不同。

百载人文凝一体,

排污净化③喜成功。

二、加工厂

漫游中粮,

无限风光。

清油透澈,

污水浓香。

2015 年 5 月 19 日

【注释】

①阳阴：指时晴时雨的天气。

②麻涌：在广东省东莞市，全国著名的粮食加工基地。

③排污净化：指利用种植花草自然净化污水的一种生态排污方法。

访肖国强^①先生

肖师孰道不非凡？
手捧其书示我诠。
"佛在心中^②"文正致，
长拖两剑^③款流穿。

2015 年 6 月 23 日

【注释】
① 肖国强，东莞市东城区干部。
② 佛在心中：肖国强书法作品的正文。
③ 两剑：作品中"佛"字和"中"字的竖。

访中国干部书画院东莞分院

巨幅山川入自然，
村原水畔树遮天。^①
龙飞凤舞潘师^②字，
漫阅诗书史无前。

2015 年 7 月 6 日

【注释】
① 此两句是写书画院入门，便见一幅巨大的名家所作《榕树》画。
② 潘师：潘树，东莞干部书画院院长，军人。

種豆南山下

游台山

丽日访台山，
身临梦幻间。
海茫天地涌，
岛灿玉华颜。
岳秀林珍①贱，
鱼香稻味艰。
侨胞神话里，
倭寇鬼门关。
点将秦皇②址，
安营赵氏③湾。
传奇今古迹，
诱客莫忘还。

2015 年 12 月 15 日

【注释】

①林珍：山林中的珍品。

②秦皇：秦始皇。

③赵氏：赵佗，南越国王。

海　南①

风光满目是琼南，
绝妙丹图最讨欢。
古塞黎家多异彩，
香巴艺苑大奇观。
原居绿岛山中秀，
别有洞天川外峦。
日照沙滩人倍爽，
颜开笑逐溢游团。

2016 年 3 月

【注释】

①据卓建平叙说其家乡即兴。卓建平，海南人，原海南建设兵团
干部。

网答·和田衣女士①

桃红柳绿春三月，
正值游园赏五晖。
莞地湘潭都一样，
家家扶得醉人归。

2016 年 3 月 30 日

【注释】
①东莞老年大学群聊抢答题，首联田衣出。

种豆南山下

网答·刘福成先生

仁兄爱好俩相同，
莫错黄昏此度红。
倒海知心掏底话，
常聊漫叙更情融。

2016 年 4 月 3 日

逸情草堂随键（新韵）

不出门已胜出门，
书屋虽小满乾坤。
网间见世界，
牍里寻黄金。
浓墨志趣写，
淡茶精气吞。
窗前赏明月，
醉中成美人。
偶来友夜聚，
一晃临侵晨。
善美矣，
多开心！

2016 年 7 月

游西安二首

一

十三古邑吟咸阳，
见证雄风秦汉唐。
纵观天下过往事，
骚人阁笔评短长。

二

西安胜日游，
处处是人流。
历历浮沉事，
何君问喜愁？

2016 年 9 月 12 日

庆南昌邓氏文化研究委员会成立①

簇簇擎杯聚一堂，
翩翩起舞颂南阳。
中华内外凡吾氏，
叶茂枝繁万世昌。

2017 年 1 月 10 日

【注释】

①作者是此委员会成员，在文物资料编撰组。2006 年此机构开始收集和整理相关材料，丹霞牛邓、长春分路口邓、陈刘许邓、艾湖上邓、天香园邓等都是作者（谱名邓久鹏）撰写的源流书稿，现已编入《江西邓氏族谱·第一集》。

种豆南山下

柬埔寨观光随记三首

一、暹立印象

水绿山青一点红，
暹城不与众城同。
瑶烟[1]曼舞腾空起，
寺庙王宫闪亮中。

2017 年 5 月 4 日

【注释】

①瑶烟：白色的烟霭。出自宋·葛立方《满庭芳·扉映琉璃》"栏外青山几叠，瑶烟敛，影落千鬟"。

二、吴哥古址

漫游圣地吴哥，
潜入深林婆娑。
古寺石刻壁画，
神秘身世，
千年掌故真多。

2017 年 5 月 5 日

三、洞里萨湖

浪窥绿堤蓝天笑，
洞里萨湖夕阳红。
摘太阳，
揽月亮，
渔舟唱晚乐融融。

2017 年 5 月 7 日

诗
歌
选

東埔寨吴哥（邓水发摄影）

種豆南山下

漫步柬埔寨主干道

地陪①言表颂华功，
共处和平两洽融。
大道帮联城镇畅，
能源援建柬民躬。
无偿卫健扶匡益，
合作农商助甩穷。
更卓旅游成效美，
双赢样板世称雄。

2017 年 5 月 8 日

【注释】

①地陪：地方陪同的导游人员。

游白云山①

白云山上白云飞，
远入群岚近绿依。
若问羊城何处最？
登峰市井却稀微。

2017 年 6 月 8 日

【注释】

①白云山，在广州花都。

发表书法作品外一首

闲来无事贪练心，
乱涂乱抹挥光阴。
朋自远来悦乎事，
吃茶漫侃聊书琴。

2017 年 8 月 2 日

发表硬笔书法作品外一首

与友问答

毛笔不行钢笔行？
君说贵在修心宁。
躲进书斋却何统？
云白风清陶性情。

2017 年 9 月 15 日

和林汉梁[①]先生

镇口樟榕绿苍苍，
仅无人料雨自强。
叶繁根固撑天地，
荫蔚来君满苑香。

（藏名：林汉梁）
2017 年 10 月 2 日

種豆南山下

【注释】

①林汉梁，南昌市青云谱中学教师。江西、南昌诗词协会会员、理事，省、市书法协会会员，江西榜书创研中心理事。出版书有《林汉梁诗词联曲选》。

附：林汉梁先生原诗

邓兄大福水源源，
奋发诗文学者尊。
德导贤推儿女孝，
攻书有道艺寻根。

嵌名：邓水发

南洋观光①

瑞日大洋游，
风平浪未休。
海天蓝一色，
岛屿绿千秋。
信鸟随船舞，
渔家布网囚。
晴空人劲爽，
万里景全收。

2017 年 12 月 31 日

【注释】

①作者于南海"地中海·WSC 邮轮"9102 室完稿。时，红俊公司于此邮轮举行年会，并赴岘港观光考察。作者随行。

元旦越南岘港观光

异国中都岘港城，
修容古镇亦彰名。
阳光海浪沙滩美，
半岛观音佛典精。
石刻余留遗世迹，
文明系属引华萌。
新开要地连南北，
汇入丝绸之路情。

2018 年 1 月 2 日于南海"地中海 WSC 邮轮"9102 室

海上观舰

茫茫大海水天连，
蹙浪掀波黑白颠。
一舰乘风前劲闯，
千帆竞矢赶超先。

2018 年 1 月 3 日于南海"地中海"WSC 邮轮 9102 室

劳动节专刊征稿

劳动须艰苦，
凿来甘润泉。
君如惜汗水，
岂有万人缘？

2018 年 4 月 20 日

種豆南山下

万强、徐祥奇俩外孙高考即兴

喜雨暖心滋润文，
江鲤多少跃龙门。
我赶你追踏阶上，
春风满面双外孙。

2018 年 6 月 8 日

游南矶山①

万里鄱湖衬一山，
天公作美碧琨间。
山丹水绿连天涌，
气爽风清带鹭环。
镇里村姑淳朴语，
盘飨菜味自然鹇。
朱皇战阁添神秘，
古色人文醉画颜。

2018 年 6 月 11 日

【注释】

①南矶山：丹霞地貌，在鄱阳湖中。同游者红春、余春夫妇。

庆祝江西邓氏文化研究会在南昌成立

一支轻骑立豫章，
激扬文字颂南阳。
神州四海凡吾氏，
问祖追宗万世昌。

2018 年 6 月 22 日

大西北之行

一、夜宿兰州

今夜居兰州，
城郊沙立丘。
大漠酿寒意，
游客呈暖流。

2018 年 8 月 7 日

二、祁连山草原

蓝天、白云、阳光，
星花、野草、气爽；
鸟高飞，
车奔放。
涌入无际绿海，
让你尽情遐想……

2018 年 8 月 8 日

祁连山（邓水发摄影）

三、扁都口

祁连骄子不平凡，
叠舞层峦隐险岩。
峡谷奇峰环路转，
鲜花野草遍原嵌。
雄鹰展翅羚慌躲，
牧者欢歌牪卧馋①。
远看雪山新世界，
人人聚镜抢头衔。

2018 年 8 月 8 日

【注释】

①牪卧馋：牛卧在草地上回味。

四、张掖丹霞

织女弄天梭，
虹云起降娑。
飞来张掖市，
羽化壮山河。

2018 年 8 月 8 日

诗
歌
选

张掖丹霞地貌（邓水发摄影）

種豆南山下

五、夜宿嘉峪关

远山峥嵘绝，

雄关铸如铁。

燕鸣壮士声，

今朝振豪杰。

2018 年 8 月 9 日

嘉峪关全景（邓红俊航拍）

六、游敦煌

黄沙万里一城骄，

历尽沧桑尚未凋。

晓月鸣山瞻圣地，

闻名瞩目塑模描①。

2018 年 8 月 10 日

【注释】

①塑模描：指敦煌三大艺术，即泥塑、模刻（石刻）和壁画。

七、雅丹魔鬼城

天公吝啬雨，
风婆翻湖底。
斗换星移百万年，
风蚀成魔鬼。
支离破碎，
荒漠里的美。

2018 年 8 月 11 日

雅丹地貌（邓水发摄影）

八、茶卡盐湖

是两极冰川，
是琉璃广场。
玉宫映着倒影，
百侣嫦娥吴刚。
指点晶莹，
此地无限风光。

2018 年 8 月 12 日

九、青海湖

王母醉点谱，
断岳成平湖。
玉作彩珠伴，
水天一色涂。

2018 年 8 月 13 日

所 见

晴空万里日中天，
缓慢群翁过路间。
后应前呼车减速，
儿童散学助冲关。

2018 年 9 月 20 日

诗
歌
选

游三清山^①

福地此清山，
奇峰云海间。
崖松忘色本，
石像入神关。
野渺沙铺路，
岩高道索^②环。
人文调鬼斧，
旅者尽欢颜。

2018 年 10 月 1 日

【注释】

①三清山：道教圣地，在江西。

②道索：栈道像铁索一样将三清山围了一圈。

三清山自然造像（邓水发摄影）

種豆南山下

所 见

天街小雨漫无闲，
购物公婆立树弯。
冒雨迎风儿媳到，
温馨共伞把家还。

2018 年 10 月 2 日

机窗瞰海南岛

天蓝和①水蓝，
碧玉②落龙含。
旅客随仙下，
纷缊五指岚。

2018 年 11 月 28 日

【注释】

①和：he 去声。捣匀在一起。
②碧玉：海南岛的古称，典出方志。

游亚龙湾（新韵）

美，
何处堪比？
亚龙湾的迤①，
热带雨林的水；
椰田古塞，
玻璃栈道，
让你又惊又喜。
人在沙滩海边走，
仿佛蓝天白云里。
真的美煞你！

2018 年 11 月 29 日

【注释】
①迤：曲折连绵。

天涯海角望远

天涯海角不虚传，
骇浪惊涛远近颠。
汉武秦皇挥手点，
三沙万里尽金砖。

2018 年 11 月 30 日

海南亚龙湾（邓水发摄影）

印象海南

胜景是琼州，
蓬莱岂比优？
椰林嵌古塞，
秀屿系①蓝流。
海角凭遐想，
龙湾尽美收。
观音慈镇岛，
万众乐悠悠。

2018 年 12 月 3 日

【注释】

①系：ji 去声。结，扣。

飞抵巴厘岛①

此地风光好，
山川成异宝。
神仙福地寻，
便是巴厘岛。

2019 年 3 月 3 日

游情人崖

天匠神工奇景，
气势磅礴涛声。
断崖嘤嘤，
故事魂惊。
大洋望汀，
风浪不平。
典故更传情……

2019 年 3 月 3 日

印尼巴厘·魔鬼岛（姜玉华①摄影）

金巴兰海滩

黄昏海面映金兰，
水上传奇岸绝繁。
浪漫情人挑夕影，
灯明星隐幻仙源。

2019 年 3 月 4 日

魔鬼岛奇观（新韵）

鸡蛋岛，蓝梦岛，
骇浪击惊涛。
瞬间登陆卷人跑，
神仙也吓倒。

2019 年 3 月 5 日

【注释】
①姜玉华，中国北京六艺嘉韵书画研究院院长。

诗歌选

全球华人书画家笔会

华人书画家，
壮锦添奇葩。
鸾翔凤翥显身手，
个个嘉才华。

2019 年 3 月 6 日

印象印尼

千岛千寺真印尼，
断崖故事玄乎奇。
阳光海滩族民舞，
异国风情华夏移。

2019 年 3 月 7 日

坐　斗①

众星朝柄斗②，
稳坐满雄光。
哲匠良工造，
物微扛大梁。

2019 年 4 月 8 日

【注释】

①坐斗：古建筑名称。此诗是《"样式雷杯"江西第五届榜书展》
作者作品内容。

②柄斗：北斗的前三星。

种豆南山下

熊培基①先生解惑

细雨帘窥天地间，
知春草木唤花燃。
闲情漫士挥毫聚，
竹里②熊师解惑禅③。

2019 年 4 月 20 日

【注释】

①熊培基，原鲤鱼洲垦殖场中学校长。中国美术教研协会会员，
江西中国画协理事，江西美协会员。

②竹里：竹里馆，王维隐居处。

③解惑：释疑。韩愈句"传道授业解惑"。禅：基于"静"的行
为，源于人类本能，经先民开发，形成了系列的修行方法。

参观饶世玉①先生画展

何处洞天如此神？
峰腾瀑舞紫烟存。
手挥将欲呼童子，
蓦地方知是画魂。

2019 年 5 月 21 日

【注释】

①饶世玉，江西省美协会员，南昌市美协会员。擅长山水画。

河源桂山（邓水发摄影）

桂　山

岭耸云天远，
林藏老李①真。
凡夫溪笑里，
也学做仙人。

2019 年 6 月 24 日

【注释】

①老李：真人老子。典出《后汉·朱穆传》。

附：任梅珍①女士和一首

幽静蝉鸣树间，
溪流潺潺笑弯。
青石板上稍歇，
章江②感知桂山。

【注释】

①任梅珍，中小学教师。
②章江：章江老歌。

万绿湖联想

港地①生存淡水无，
黄金枉费也难图。
蝇围法案②嗡嗡叫，
岂撼源流万绿湖③。

2019 年 6 月 25 日

【注释】

①港地：香港地区。

②法案：近日香港地区所立的《引渡法》。

③万绿湖：新丰江。在广东省河源市，原生态水，专供香港市民饮用。

附：田宝歆①女士和一首

弹丸之地掌中宝，
娇生惯养任性闹。
契机认祖应归宗，
浪子还巢抚手笑。

【注释】

①田宝歆，满族，北京人。中学老师。

参观河源文化博物馆

莫笑河源此处贫，
空间地下尽金银。
双江①过市原生态，
四绿围城古色淳。
探矿勘钨稀土贵，
飞禽走兽化石珍。
交通要塞连南北，
万绿湖沁香港人。

2019 年 6 月 26 日

【注释】

①双江：指东江和新丰江。

访　友①

问君何所在？②
子曰屋藏娇。
妾每端茶到，
其都笑首摇。
随之吾入室，
即见字翔招③。
斗四④传方略？
精勤加目标！

2019 年 8 月 16 日

教师节即兴

漫野金黄桂馥浓，
育人传道苦甘中。
顽童授业多烦事，
万琢千磨总成功。

2019 年 9 月 10 日

附：书田女士和句

硕果秋黄，
至尊师长。
万里江天，
桃李琳琅。
尊师重教，
美德弘扬。
科技兴国，
华夏永昌！

渔歌子·网答姜景波①先生

——题《中秋·天地人和瓜雕造型视频》②

万里清辉挂玉盘，
满装桂子寄情蟠③。
同四海，
共欣欢，
人和天地画图般。④

2019 年 9 月 18 日

【注释】

①姜景波，黑龙江人。东莞老年大学书法班、诗词班学员。

②晚，姜发一视频来。一厨师精湛之手艺，在西瓜上刻嫦娥奔月并造型，底座是瓷盘，盘内装着桂圆等水果，西瓜造型立于中央，背景一轮圆月。并附言：请邓老师看图赋诗一首。于是便在键盘之上，即兴发稿。

③蟠：蟠桃宴，相传王母在瑶池摆设此宴供仙人享受。此指赏月。

④人和句：人和天地，即天地人和，是瓜雕的主题。托盘是地，西瓜为载体，西瓜上端是圆月，即月、盘、瓜（天、地、人）一体。

新中国成立 70 周年大阅兵

几度雄风秦汉唐，
今朝且看日春方①。
歼机②巨浪东风③劲，
站起富来强起强。

2019 年 10 月 2 日

【注释】

①春方：东方也。出自《文选》颜延之诗句："春方动辰驾……"日春方，即日出东方。

②歼机：歼击机系列。

③巨浪东风：指巨浪、东风导弹系列，尤其是 JL2 和 DF41 洲际导弹。

出席第 65 回东洋书艺展①

阳阳②东海浪漪平，
两国人民友谊耕。
艺术交流成纽带，
迎来互利并双赢。

2019 年 10 月 16 日

【注释】

①一年一度的中、日、韩及中国港、澳、台和世界华人书画名家作品交流展，在日本东京都美术馆举行。作者的行草作品《古诗二首·寒菊、墨梅》入选并获金奖，被东京都美术馆收藏。中国代表十人出席开幕式，作者是其中之一。

②阳阳：色彩鲜艳。典出《诗·周颂·载见》。

富士山·忍野八海^①（新韵）

忍野晶池八，
通融富士山。
山楼侵绿水，
水榭入蓝颜。
户暗青藤茂，
径明黛树繁。
小桥溪笑里，
九寨版重编。

2019 年 10 月 17 日

【注释】

①忍野八海：日本富士山下一个忍野自然村中的八个小池，水源来自富士山地下暗河。这里优美的自然环境，简直是中国九寨沟的翻版。

奈良公园·神鹿（新韵）

春日大社^①青草束^②，
养了多少奈良鹿？
时而目无人，
时而鬼出谷。
到处觅资源，
作息无定驻。
相传华夏梅鹿^③遗，
何曾不一簇？

2019 年 10 月 18 日

種豆南山下

120

①春日大社：奈良公园中的神庙，此地以鹿为神，街头巷尾到处是鹿。

②束：受到限制。

③梅鹿：指梅花鹿。日本奈良鹿据说是中国梅花鹿的一个派生品种。

闻广岛^①·望伏见稻荷大社^②

烈焰^③烧天际，
神明大众迎。
鸟居连大社，
尽是鬼狐精。

2019 年 10 月 19 日

【注释】

①广岛：指广岛原子弹事件。

②伏见稻荷大社：日本的神庙，一般立牌位，无塑像。此大社在京都。此地崇拜的是狐狸精为神明，主管农商。

③烈焰：此处建筑物（鸟居、大社等）全是红色，远看像火烧天一样。

欣赏油画《鞠躬尽瘁》

峻峭一苍松，
巍然挺上穹。
鞠躬天下事，
不倒众心中。

2020 年 1 月 9 日

诗
歌
选

121

全民抗疫

庚年普庆岁阴回，
武汉惊传起疫魁。
上下齐心严布控，
方谋四海稳无灾。

2020 年 2 月 1 日

咏抗疫前线之白衣战士

不见硝烟见素云①，
飞奔武汉度生灵。
枝挥净水②瘟神送，
赤日中天耀永宁。

2020 年 3 月 6 日

【注释】

①素云：白色云彩。素，白色。唐·陈师穆有"高心望素云"句。
②枝挥净水。典出"观音救世"。

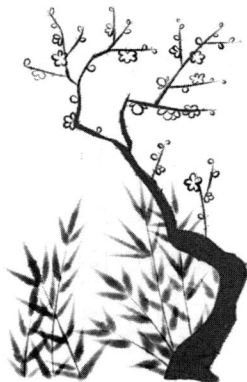

诗二首

一、过水门①

往岁寻常景，
今春格外繁。
白云天际涌，
着陆过高门。

二、观垂钓

四月阴霾远，
闲人②遂钓鱼。
金钩迷尔试，
嗜欲③命将锄。

2020 年 4 月 1 日

【注释】

①过水门：飞机着陆时一种高规格的迎接礼仪。此指在机场欢迎战疫英雄凯旋。

②闲人：钦差巡视员。出自《汉书·韩信传》。

③嗜欲：贪得无厌。出自《荀子·性恶》"嗜欲得而信衰于友"。

江西榜书精英谱赞

云霞西岭映，
朵朵展奇葩。
绘就风华锦，
何方有此家？

2020 年 5 月 20 日

游磨盘山

美哉弯里景，
尽在磨盘山。
磨按林荫转，
盘依岭体弯。
城乡羞渺小，
镜水赏纷颜。
最爱姑池①净，
蓬莱此处攀。

2020 年 6 月 6 日

【注释】

①姑池：仙姑净水池。

124

浏览抖音《鉴赏翻车》即兴

总吹自己都能行，
好喜年轻型已成。
就饵一合抛脑外，
聪明反被聪明坑。

2020 年 6 月 22 日

游井冈山五首

一、茨坪

千峰潜绿林，
万水纳斯盆①。
陋室名天下，
剔灯②震厚坤。

2020 年 6 月 23 日

【注释】

①斯盆：斯，这。盆，小盆地。
②剔灯：拨亮油灯。

二、夜宿茨坪

夏暮居山岭，

心潮涌切情。

当年鏖战急，

夜雨满村城。

此刻群星拱，

灯阑万户明。

八方宁静境，

四海咏清平。

2020 年 6 月 23 日

三、黄洋界

苍翠雄峰出，

一关挡万卒。

旭日扶桑^①升，

朝菌^②即消失。

2020 年 6 月 24 日

【注释】

①扶桑：太阳升起的地方。出自《山海经》。

②朝菌：菌类植物，太阳晒便消失。出自《老子》。

四、龙潭瀑布群（新韵）

巨手撕山裂，

群仙舞白龙。

落差千万势，

不可撼岩松。

2020 年 6 月 24 日

种豆南山下

井冈山龙潭瀑布（邓水发摄影）

五、井冈红

日照诸峰叠雾连，
冈迂路转绿荫湮。
平峦黛黛低林隐，
浅壑青盈淡壁燃①。
挂瀑开屏妆翡饰，
飞莺点翠闹枝颠。
杜鹃多喜弥山②映，
代代传承岁岁鲜。

2020 年 6 月 25 日

【注释】

①燃：形容山花似火。出自杜甫"江碧鸟逾白，山青花欲燃"。

②弥山：满山。典出"弥山亘野"。见冯梦龙《醒世明言》第八卷。

应涂烈①先生之约为昱蕊芳名励志

昱曦②淹冉扶疏③起，
蕊嫩④逢春茁欲呈。
好秀全凭万绿显，
好山能葆茂林箐。

嵌名：昱蕊、好好
2020 年 7 月 1 日

【注释】

①涂烈：中国社会艺术协会常务理事、中国榜书委员会副会长、江西榜书创研中心主任、江西书法家协会会员。

②昱曦：晨晖。

③扶疏：植物枝叶茂盛。出自宋·姜夔词《虞美人·咏牡丹》。

④蕊嫩：含苞欲放的花。出自宋·赵长卿《临江仙》："蕊嫩花房无限好，东风一样春工。"

南昌市诗词学会采风
《建军塑雕广场》咏渡江帆船

巍峨旦晖悦，

挺渡鏖战决。

今日万人瞻，

千秋颂豪杰。

2020 年 7 月 12 日

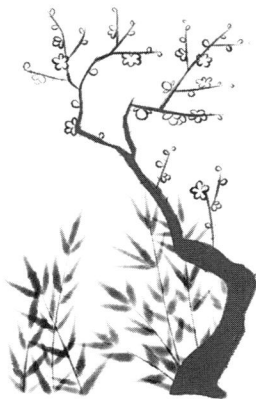

诗歌选

看昨晚《江西新闻联播》报道
"吴城孤岛第一天"

汪洋一片漫无边，
独岛飘摇巨浪颠。
货满船拥来往掣，
街丰市闹物流翩。
全民护岸官兵挡，
万户维城百姓连。
水迫人安何所惧？
战旗挥舞艳阳天。

2020 年 7 月 21 日

庆祝北斗三号全球卫星
导航系统建成暨开通

瑶池玉帝乐翻天，
御宴蟠桃聚众仙。
转瞬飞来倍殊客，
群仙傻眼快溜先。

2020 年 8 月 1 日

種豆南山下

酷　热

腾腾池水烫，
点点银光白。
暴汗黝黑人，
捞鱼淬火坼^①。

2020 年 8 月 11 日

【注释】

①坼：裂开。

庐山避暑二首

一、绝句

绿染匡庐^①境，
溪流碧树间。
人潮山岭动，
酷暑已瞒关。

二、七律

八月江南还是火，
庐山胜地不与同。
含鄱日启升凉雾，
绣谷烟腾逝热风。
雨洒花径林隐趣，
莺歌涧树水冲融。
殷周圣迹匡兄辟，
给予世人修炼功。

2020 年 8 月 23 日

【注释】

①匡庐：庐山。相传殷周之际有匡俗兄弟七人结庐于此。典出《后汉书·郡国志四·庐江郡》。

秋日骑行

画笔谁挥褪夏装？
沿堤玉柳弄荷塘。
田园墨绿呈黄意，
踏辇①归来带桂芳。

2020 年 9 月 17 日

【注释】

①辇：古代人力车。

種豆南山下

132

附：任梅珍女士和一首

苍天挥笔画，秋色染荷塘。
踏车绿色里，又见碧叶黄。

晴日观橘

绿隐浓妆露淡妆，
枝头憨笑惹人尝。
珍馐美味连枝剪，
运送飞骑一路香。

2020 年 9 月 29 日

雨后赏花

纷纷细雨送秋凉，
利叶刚干①挺自强。
蒂让花谦黄绿衬，
留于墨客费评章。

2020 年 9 月 29 日

【注释】

①刚干：刚强的主干。

诗
歌
选

诗二首·庆中秋　迎国庆

一、赏月

古镜出天体，
吴刚似有礼。
孩童问尔谁？
舞袖嫦娥眯。

二、导航

红日一轮华夏起，
神州举帜①鹊高腔。
阴霾漫卷齐心战，
骤雨成灾万众扛。
造岛南洋平霸道，
飞天北斗振雄邦。
丝绸古道同盟体，
世界云霞海曙窗。

2020 年 10 月 1 日农历八月十五

【注释】

①举帜：高举旗帜。

海昏侯博物馆开馆即兴

朽木逢时亦可雕，
诸君请看废皇销①。
荒唐廿日随金坠，
睡醒千年受众朝②。

2020 年 10 月 5 日

【注释】

①废皇销：指汉废帝刘贺，身经王、帝、侯三种身份转变。做皇帝 27 天，干了 1127 件荒唐事。销，解除。

②受众朝：此指考古，参观。

重　阳

清气澄渣人倍爽①，
金英②醅酒③度重阳。
情人圣诞侵传统，
赏菊登高岂淡忘？

2020 年 10 月 25 日岁次庚子九九

【注释】

①清气句：陶渊明有"清气澄余滓，杳然天界高"句。
②金英：菊花。
③醅酒：没有过滤的酒。

诗歌选

呼唤和平

——全球艺术与和平高端论坛诗文及书法征稿

云海蓝天无限美，

缘何某处却阴灰？

狼烟漫卷千疮孔，

万物泥涂①几载皑？

受害无辜成冤鬼，

侵凌利己乃魔魁。

和平召唤人们醒，

发展共谋新世来。

2020 年 11 月 10 日

【注释】

①泥涂：灾难。米芾有"一语坠泥涂"诗句。

游灵山二首①

一、养心谷

紫气腾腾绕峡间，

都疑老子过函关②。

行人借问斯何处？

送暖清泉乃象山③。

種豆南山下

136

二、望仙谷

十月赣东春小阳，
寻仙问道入灵乡④。
峰高石笋闲云晃，
水叠山抬瀑布昂。
暖雾⑤摇头松岭去，
徐风曳步竹林藏。
神仙故里田园美，
地设天成锦绣章。

2020 年 11 月 23 日

【注释】

①同游者熊建华、殷文红、吴少金和万萍妹等。
②函关：函谷关。典出刘向《列仙传》。
③象山：指象山书院。
④灵乡：上饶地区的望仙乡，隐于灵山一处。
⑤暖雾：温泉的水蒸气。

日 出
——参加全球艺术与和平高端论坛

海曙东方晓，
雾霾①散乱停。
众生拥日出，
艺术促和宁。

2020 年 11 月 28 日

【注释】

①雾霾：雾气和阴霾。出自前蜀杜光庭《都监将军周天醮词》。

纪念毛泽东诞辰 127 周年榜书展感怀

冬去春归大地红，

文章各异颂毛公。

鲜明溢目谁横出？

仅有榜书才最雄。

2020 年 12 月 25 日

潮　流
——读涂烈先生转发《江拖往事》有感

奔流万里入江河，

浩荡惊鸣铸凯歌。

一路高扬东向注，

融于大海促长波。

2021 年 1 月 28 日

早　春

玉树随堤舞，

妆梅已褪①红。

池鱼缘岸逆，

孰②在送东风？

2021 年 2 月 3 日

【注释】

①褪：卸衣，花谢。出自宋代词人赵长卿"那更梅花褪"。

②孰：谁，哪个。

种豆南山下

138

忆江南·贺新年

金牛报，
华夏好风光。
日耀九州开泰运，
晖盈①南海著华章。
民富国雄强。

2021 年 2 月 11 日

【注释】

①晖盈：谓光彩闪耀，辉映。典出《敦煌变文集》"黄金百炼，光色转更晖盈"句。

暖　春

胜日哈施①最艳阳，
明山净水照欧房②。
人流有序层林染，
就地迎春似故乡。

2021 年 2 月 19 日

【注释】

①哈施：指惠州的哈施塔特小镇。
②欧房：仿欧建筑物。

赞喀喇昆仑卫国戍边英雄

雪山天净洁，
壮士坚如铁。
砥柱截汹涛，
外军狼狈裂①。

2021 年 2 月 22 日

【注释】

①裂：指印军溃不成军，丢盔弃甲地逃跑。

牛气冲天

华灯璀璨上，
玉宇①星谦让。
散步遇庚兄②，
声音多响亮。

2021 年 3 月 3 日

【注释】

①玉宇：天空。

②庚兄：范大全，原南昌市高新区昌东一中教师，与作者同年出生，属牛。

种豆南山下

牛年赏春

花开问鸟是何春？
草点珠光地锦茵。
去岁此时皆籁寂，
牛来万物焕然新。

2021 年 3 月 10 日

附：任梅珍女士次韵一首

花开辛丑春，
麦苗点珠茵。
悯农春乏困，
牛来地貌新。

高新图书馆

高新一处藏经阁，
世界文明满屋留。
地旷蹲楼如虎卧，
人繁入室似龙游。
书山叠垒通云海，
学者交流论九州。
渴智前来清耳目，
何须万里涉洋求。

2021 年 4 月 2 日

南湖红船

烟雨迷蒙大地茫，
林湖暗绿隐舟光。
高人指点乾坤改，
直向惊涛奋启航。

2021 年 4 月 16 日

诗三首·客至品茗

一、绿茶

水冒鱼珠乐，
飞天叶舞博。
青芳袭眩人，
直上琼瑶阁。

二、红茶

软水柔汤色橘黄，
香随气入鼻先尝。
留于齿舌连杯品，
逸雅悠然出俗乡。

三、黑茶

陈香薄薄貌非神，
贮久全然味别真。
即使温差携有碍，
客来茗战品逾醇。

2021 年 4 月 18 日

種豆南山下

春日骑行

雨后天开空气馨，
外孙①欣喜伴骑行。
风光一路都收尽，
趁势抓拍物外情。

2021 年 4 月 22 日

【注释】

①外孙：徐祥奇。2018 年和万强俩外孙同时考取大本，今年 7 月赴英国深造，现已签证。

附：戴群英①女士和一首

雨后见天晴，
爷孙乐骑行。
自然全入眼，
不觉又一程。

【注释】

①戴群英，梅州人，中小学教师。

江西第七届榜书展

百花洲畔嫩荷香，
学子兰亭聚一堂。
展稿如同榴蕊美，
宏文雅调溢情扬。

2021 年 5 月 18 日

诗
歌
选

晨练抓拍三首

一、雾楼

清烟锁半楼，
远看似云游。
好胜身临品①，
须臾兴尽休。

二、倒影

岸物佳原态，
风姿画入诗。
近池瞧映水②，
换位更神奇。

三、隐石

水草隐其真，
朦胧闺秀神。
八方移步赏，
柳暗又惊春。

2021 年 5 月 26 日

【注释】

①身临品：身临，身临其境。品，看，欣赏。此句指近看。
②映水：水中的倒影。出自"山鸡映水"。

种豆南山下

题廖诗琪[①]后生国画《莲鱼图》

碧水芙蓉展，
双鱼奋志昂。
乾坤生万象，
岁岁满粮仓。

2021 年 6 月 1 日

【注释】

①廖诗琪，赣州人，艺院毕业生。明智女友。

观林仰东[①]女士绘画

布局至精胸有成，
恺之[②]传道正艺耕。
挥间蜃市云峰起，
欲唤轻舟泛海行。

2021 年 7 月

【注释】

①林仰东，南昌人，画家，擅长山水画。

②恺之：顾恺之，晋代山水画家。他所画的《庐山图》被称为真正意义上的中国第一幅山水画。

参观林汉梁先生《百米井冈》画展二首

一

立以轩^①前思问路，
迎来数蝶过东墙。
好奇随意跟踪走，
一路居然到画廊。

二

翠岳连绵云瀑动，
风光竹木瞰花张。
巉岩水绕藏机下^②，
子曰天天上井冈。

2021 年 7 月 2 日

【注释】

①轩：门。
②藏机下：用手机拍摄。

内蒙古之旅四首

一、呼和浩特灯光

谁撒银花满市扬？
城郊达旦闪金光。
天堂岂有人间美？
此邑今宵更辉煌。

种豆南山下

146

二、响沙湾之梦

大漠无边天净闲，

轻风拂面卧沙间。

聆听闭目歌低唱，

梦里飘然看九山^①。

三、乌兰活佛府建筑文化

堂皇华富妆，

溢彩昭流光。

三族^②结一体，

四义^③恒弘扬。

四、印象内蒙古

临秋北国异乡行，

处处风光处处惊。

草赋深原骢蹄碎，

沙歌大漠骆铃萦。

昭君出塞营和睦，

北魏冲关得礼明。

敕勒^④牛羊天地改，

民风注入汉蒙情。

2021 年 8 月

【注释】

①九山：九座仙境之名山。出自《吕氏春秋·有始》。

②三族：指蒙、藏、汉三个民族。

③四义：闻、思、修、行。"三族""四义"是此建筑设计理念。

④敕勒：少数民族。敕勒牛羊，典出北朝民歌《敕勒歌》。

诗
歌
选

147

初　秋

夜雨刷屏天地新，
眼前无处不呈春。
重重翠果枝间映，
正是秋来富肃①贫。

2021 年 8 月 17 日

【注释】

①肃：清除。

游仙女湖二首

一、绝句

秋原赤日燃，
万树斗幽烟。
弄筏登龙岛，
啾啾夹道宣。

二、七律

安福萍乡万绿河①，
新余截景②美闻多。
遥遥秀岭轻罗掩，
淡淡平湖曼舞娑。
七女翩翩奔约会，
江龙切切酌双和。
蟠园玉帝长须捋，
满目青山点赞歌。

2021 年 9 月 3 日

種豆南山下

①万绿河：指袁河，发源于武功山，属安福、萍乡辖区。

②截景：拦住袁河，修建江口水库而形成仙女湖之景。截，阻拦。

诗二首·福山^①行^②

一、珍稀物种

福山羊狮慕，
千古物种驻。
云豹斑狸奔，
乌药伯乐树。

二、羊狮慕奇观

亿岁浑蒙盘古辟，
巍峨福地韵真成。
心存种德包容广，
子拜观音教化明。
石笋穿云凌壮志，
金鸡进宅聚财精。
佛光常照山留客，
五福天官赐众生。

2021 年 9 月 12 日

【注释】

①福山：武功山，是道、佛二教福文化圣地，有"拜寿南山，祈福武功"之誉。羊狮慕属核心景区。此处奇峰怪石，变幻无穷，其神秘的色彩给游人赋予着美好的向往。

②同行者：熊建华、吴少金、殷文红、万萍妹和范赫等八人自驾游。

诗二首

——庆祝"神舟十三号载人飞船"发射成功

一

层峦拥日出，
折射耀山江。
法宝扶摇上，
振威华夏邦。

二

秋碧天高爽，
云霞万里谐。
国旗星汉逛，
指日夺金牌。

2021 年 10 月 16 日

诗二首

——庆祝《南昌市第十届夕阳红书画大赛展》

一

三三兰亭聚，
九九滕阁逢。
历数墨客汇，
今日别样浓。

二

百花洲畔百花放，
朵朵绽开朵朵亮。
秦砖汉瓦唐宋风，
盛世文采乃绝唱。

2021 年 10 月 15 日

文化古镇游二首

一、文港

小城无处不彰文，
竹掩笔庄藏凤麟。
欲食停车无肆馆，
只因来客守清贫。

二、李渡

一汉尝杯晕路边，
游人即刻御医宣。
身还未近先熏懵，
个个旁观尽醉仙。

2021 年 10 月 23 日

水调歌头·鄱阳吟^①

千里鄱湖景，
一览入云天。
轻舟点化江碧，
撒网惧何颠？
谁洒黄金遍野，
指使雁群鹤聚？
更著两争先——
银闪渔家上，
农户耀金前。

豫章韵，
饶州曲，
楚番^②文。
姜君^③白石，
陶母^④教子映高芬^⑤。
全国戏文之地，
绿色能源之范，
渔俗且功勋。
产业图强链，
振臂志凌云。

2021 年 10 月 30 日

【注释】

①同行者：高新书友胡敬峰、查九年、黄东海及刘、袁、万、邓四女士等。

②楚番：楚番邑，历史地名。今鄱阳。

③姜君：姜夔，号白石道人，南宋文学家。

④陶母：东晋名将陶侃之母。典出《世说新语》。

⑤高芬：指高洁的节操。《晋书·温峤郗鉴传赞》："道徽忠劲，高芬远映。"

赣东北之行·感遇三首

一、篁岭晒秋小镇风光

此景优于众景前，
初冬无处不绿延。
溪流献澈心无竞，
韵夺深机意俱仙。

二、景德镇参观青花瓷展

唐时产品宋时琛，
古色奇葩绽至今。
万琢善工孤品出，
常人岂解匠师心？

三、万年县观同事抓拍夕阳

莫道夕阳难以裁，

精当把握手方乖。

悉心打造宁心剪，

时短时长任自排。

2021 年 12 月 6 日

附：任梅珍女士和一首（新韵）

夕阳谁道近黄昏？

霞光映照铺三金。

温暖神州育生命，

余晖传递明拂晨。

环游鄱湖·所见三首

一、奇树

古树擎天立路端，

藤缠体裹戴高冠。

需求卫护需求寄，

彼此相拥各自安。

二、和鸟

时隐绿洲时现湖，

成群候鸟鹤仙都。

划船入伙还迎合，

两者交融戒备无。

種豆南山下

三、备耕

中冬气暖赣鄱天，
鹤舞人勤画卷编。
地阔铁牛回返织，
田微犁镢起波翩。
弓身奋铲吞灰汗，
掌火烧径吐白烟。
借问农夫何此举？
冻虫翻土为丰年。

2021 年 12 月 11 日

迎春气象新

——江西榜书创研中心 2021 年年会即兴

瑞雪丰年兆，
春回物物晓。
七年磨淬间，
和谐书铮皎①。

2021 年 12 月 25 日

【注释】

①铮皎：比喻出类拔萃。出自清·昭梿《啸亭杂录·吴达善》："故一时盗贼戢迹，不敢纵横，商贾便之，亦严吏中之铮皎者也。"

环骑瑶湖逢江铃三友一同赏景

谁著趣时春意浓？

芳枝草荚碧波重。

花师且趁随阳剪，

别有妙思非此冬。

2021 年 12 月 27 日

江西榜书创研中心组织书法家进社区写春联

书家送暖值凌冬，

写出社区年味浓。

对者欣嘉书者乐，

联成满院尽红彤。

2022 年 1 月 18 日

赏　雪

昨夜床前映亮增，

推帘袭面六花^①冰。

清晨野岭含香洁，

首岁枝头吉象征。

2022 年 1 月 29 日辛丑腊月廿七

【注释】

①六花：雪花，结晶六瓣，故名。出自唐·贾岛《寄令狐绹相公》："自著衣偏暖，谁忧雪六花。"

種豆南山下

春日五友①小聚

村前林后丽光存，
日日黄莺碧树喧。
客至留神观字画②，
胡行蓄意出联圈。
真能立直凭双腿，
善可呈祥靠一言。
更看开锅争对句，
冥思互拓潜心源。

2022 年 3 月 2 日

【注释】

①五友：林汉梁、黄绍武、刘润根、胡敬峰和作者。

②字画：此指榜书作品《守真》。时，刘、黄共赏。刘思片刻，将
"真"字制联曰："真能立直凭双腿。"求对句。

鱼尾洲公园赏春二首

一、新柳

远古无岁历，
柳发方知春。
吾辈绿绦赏，
水影寻绝新。

二、油菜花

春回阳照满园黄，
莫是宠妃金撒光？
踏翠折枝何晓惜，
冬播春赏夏才昂。

2022 年 3 月 8 日

春到家乡·古风三首

一、出新

红蝶匿匿黄蝶扬，
绿叶鲜鲜盎然爽。
日阳灿灿擦油光，
适得丛丛挺逾上。

二、促浪

跻跻欲前却不乱，
层层化为冲霄汉。
何惧压压强风推？
目标个个袭滩岸。

三、骑行

新道起伏碧湖延，
地青路赤接蓝天。
却美畅行无阻碍，
更向竞技争最前。

2022 年 3 月 28 日

种豆南山下

前湖^①春色

何来野老画春深?
拙色调锋写翠林。
紫点遥丘连北甸,
蓝侵近水合东荫。
瑶枝花发蜂迷舞,
玉地苍萌凤诱临。
最是村前诠绿码,
红旗猎猎献丹心。

2022 年 3 月 29 日

【注释】

①前湖:指南塘湖市民公园,包括创新公园。

莞行三首

一、望大岭山

远看灵峰化气缭,
半山青绿半山潮。
谁支底蕴能源足?
日照蒸蒸上碧霄。

二、茶座漫聊

一盏清茶佐曲芬,
良朋数位举斯文。
何须烈酒高言爽?
淡雅轻声更显殷。

三、咖啡馆叙旧

雅座柔光浅唱新，

灯楼绿映境传神。

相逢逸友相缘聚，

倍感时潮倍谊深。

2022 年 6 月 8 日

诗二首·览胜大觉山

一、绝句

圣仙香客怜，

指化米油泉。

可昧僧人掘，

贪婪自断涓。

二、七律

大觉云根盘地低，

茫茫欲悟景为蹊。

屏开瑞气绵山起，

日映青霞万物跻。

古寺天湖天界朗，

朱崖石塔石狮栖。

甚吟书洞聪明点，

佛道儒三①同指迷。

2022 年 6 月 26 日

【注释】

①佛道儒三：三教合一的文化理念。

种豆南山下

160

"七一"即兴

——赞《果静红歌艺术团》

万曲随时万曲终，
红歌独放展奇雄。
人民沃壤深根植，
唱满全球华夏风。

2022 年 7 月 1 日

感　遇

昔日农夫面土弯，
今朝机概叫人闲。
纷纷一路飞车去，
却入新城赶上班。

2022 年 7 月 22 日

靖安之美

——庆祝江西第八届榜书展于况钟纪念馆开幕

阳陂花隐溪岩碧，

景入云峰文蕴称。

玉蔽山门经细诵，

银开爪道瀑轰腾。

儒豪书展群贤集，

妙翰芳流万古恒。

独好风光吴越地，

榜书装点上高层。

2022 年 8 月 2 日

贺田衣女士寿诞二首

一

童子言①王母，

蟠桃如此多？

田君今七十，

遣尔献于她。

二

翠竹影荷枝，

田田叶甚机^②。

一花唯独秀，

七十续期熙^③。

2022 年 8 月 5 日

【注释】

①言：问。

②机：生机。

③期熙：百岁也。

四友^①论佛^②

世事空空博大深，

心存选项守于真。

若知离佛还多远，

无欲修行在自身。

2022 年 8 月 6 日

【注释】

①四友：指定弘、小马哥、胡敬峰和作者。

②佛：觉者，对成功者的称呼。

诗歌选

骑行所见

曦曦显东启，骑行邀动身。四湖一城美，沿路呈坤珍①。
艾湖风景线，晨练苑满人。太极绕云雾，飞步路无尘。
清清瑶湖镜，何来葫芦军？搁车近前看，尽是泗水神。
从道②航空邑，点点③遥天巡。观摩雀欢跃，笑语呔出新。
鄱湖白鹤镇，处处彰人文。清华北大史，垦荒最最欣。
晚归南湖畔，八方来众频。高唱清平调，声曲响彻云。
吾亦情切切，翩翩参入群。彼此不相识，都作家园殷。

2022 年 8 月 7 日岁次壬寅立秋

【注释】

①坤珍：指大地呈现出的一种吉祥征兆。出自《后汉书·班固传下》："于是圣皇乃握乾符，阐坤珍。"

②从道：依从正道。出自《荀子·臣道》："从道不从君，此之谓也。"此指骑行道。

③点点：指航模。即无人飞机。

探幽落星墩

往岁彭蠡水百浔，
今朝石岛现湖心。
谁说枯竭无成处，
别道奇开日纳金。

2022 年 9 月 12 日

种豆南山下

赠查九年①先生

日出高枝茂，
三三鹤舞天。
春秋滕阁立，
雅韵后昆延。

藏名：查九年
2022 年 9 月 20 日

【注释】
①查九年，南昌市八一中学教师。

为饶世玉先生画作即兴三首①

一、访友

一君青峪藏，
引领素风扬。
且看溪桥聚，
腾腾溢酒香。

二、兰花

张容莞笑仙姝态，
雅致温良叶静青。
更著春风成绝韵，
城乡传遍尽嘉馨。

嵌名：张馨

三、登高

千枝吐翠晓霞融，

水瀑桥横映彩虹。

最是春光无限好，

登高步步向阳中。

2022 年 10 月 6 日

【注释】

①国庆长假，与饶世玉、胡敬峰、吴世雄三位应邀前往修水县桐树岭龚牛笔故居小聚，并为山民诗、书、画三位一体共同创作。

题画·画师

日出红家国，

河山处处欣。

蓝图装点秀，

全在画师君。

嵌名：国君

2022 年 10 月 12 日

题画·春日山行

长流叠瀑出深山，

旷野青红紫绿间。

乐得东风晖大地，

康歌一路过函关。

2022 年 10 月 16 日

種豆南山下

题画·胡杨

胡杨凛凛顶风坚，
友善自然千百年。
华甸不群人倍赏，
高楼更上入云天。

2022 年 10 月 18 日

题画·红霞

王春[①]万物展生机，
力作天公赐美归。
更喜和风腾紫气，
红霞一片尽朝晖。

2022 年 10 月 26 日

【注释】

①王春：新春。典出《公羊·隐公元年》。

与万水平先生骑行南矶山远望

众鸟腾空草野黄，
相融天水漫无疆。
若能回眼千山外，
万物皆空满心光。

2022 年 11 月 11 日

秋日与同事①登梅岭老四坡二首

一

扣足登梯上，
艰攀老四坡。
宁将深汗舍，
踏顶奏云歌。

二

陡峭四坡天步高，
一坡难比一坡熬。
今朝若不登高验，
谁信康强靠足牢。

2022 年 11 月 20 日

【注释】
①殷文红、熊建华、吴少金、万水平及其同事等九人。

冬日雷雨

奇哉小雪①出雷神，
雨似箭穿无路人。
打伞新冠检测处，
千眸总盼小阳春。

2022 年 11 月 27 日

【注释】
①小雪：孟冬第二个节气。

种豆南山下

南行所见三首

一、南昌冬雷

一波潮动一波徊，
物候阴阳逐放开。
三九本应河冰结，
东风未到却春雷。

二、赣州山雾

银浪茫茫见度鲜，
驱车谨驾甚防颠。
何畏瘴雾层层出，
敢叫云开现朗天。

三、河源春阳

翻然粤地宇无尘，
处处风光处处新。
但愿疫情随雾逝，
神州满目尽阳春。

2023 年 1 月 14 日岁次壬寅腊月廿三

石 园

凿似天成垒万山，
嶙峋古貌乐无闲。
青岩亦属灵光物，
引得童花笑满颜。

2023 年 1 月 19 日

年 味

绿映灯楼遍地红，
烟花震宇绣苍穹。
三年剑指钟馗寂，
直至今朝显上功。

2023 年 1 月 22 日癸卯春节于莞

参观孙中山故居

群山揽海翠亨村，
紫点东阳铸国魂。
统一中华播福祉，
何容异域染昆仑。

2023 年 1 月 23 日

種豆南山下

古风·清平

壬寅话霾逐，
癸卯宇即肃。
时不十五天，
国民华章读。

2023 年 1 月 29 日

李甫香^①先生约稿

红霞万里染清晨，
绿满神州处处茵。
白漠朱崖栽富贵，
青山碧水护金银。
多元国力铮铮亮，
数字金融簇簇新。
以礼邦交得民意，
迎来华夏复兴春。

2023 年 3 月 3 日

【注释】

①李甫香，江西农业大学书协副会长。

古风·题画

甫居凯美怡，
无处不生光。
如此恭谦者，
更著全苑香。

嵌名：甫香

2023 年 3 月 5 日

癸卯清明

风雨顽皮大地亲，
祛尘一日万千新。
灯涂岸绿流湖笑，
尽写尧年分外春。

2023 年 4 月 5 日

散步欣赏广场舞

霓虹装点一湖漪，
舞姿翩跹声乐孜。
弱妇几多愁命运，
个中良药岂非知。

2023 年 4 月 15 日

种豆南山下

重修邓氏族谱大功告成

艳阳辉照立中天，
感咏谱成尧舜年。
浩荡人潮翁媪乐，
铿锵锣鼓少青翩。
系图高展宗纲续，
表传层升祖德延。
笑看满堂杯举者，
昌隆万代尽良贤。

2023 年 6 月 6 日

售楼一角

烂尾高楼谁问津，
财团一日转千巡。
正愁心火无烧处，
幸喜鹭群招白银。

2023 年 6 月 20 日

重庆夜色

拾取黄昏点碧煌，
嘉陵倒影绘华章。
天边尚可留题赋，
踏遍青山展丽光。

2023 年 6 月 26 日

古风·吃火锅

都道川妹辣，
不知出何方^①。
今到川地后，
方晓辣当粮。

2023 年 6 月 27 日

【注释】

①方：药方。

成都基地欣赏熊猫

夏藏冬露耐辛劳，
笨滚轻爬拙智高。
都盼修行成正果，
谁知环境造强豪。

2023 年 6 月 28 日

種豆南山下

酣游万绿湖^①

雨后东江画彩虹，
新丰剪缀自然风。
青山万树赠湖绿，
丽水千帆送岛红。
瀑跃崖情邀鸟奏，
溪歌野趣约花融。
拥怀游衍学庄老，
夕照层林入道中。

2023 年 7 月 2 日

【注释】

　①万绿湖，华南第一大湖，在广东省河源市。1958 年在新丰江下游的亚婆山峡谷修建大坝蓄水而成，又名新丰江水库。AAAA 旅游景区。

说明

　　本组诗歌三百余首，有五类：古风、律绝、词曲、杂言和歌词，其中大部分是律绝。杂言句法较为自由，不受古、律句拘束，只是韵脚依韵律而已。

楹联选

胜三春，大地风光好；

鹏万里，人间焕然新。

首字嵌兄弟名：久胜、久鹏
1979 年春节门联

奋毅力，攻尖端，学习英雄雁；

勤有功，戏无益，莫作白首翁。

1981 年尤口公社庆"六一"大会主席台联

春风沐柳添重喜；

夏露侵花润玉辉。

嵌名：重柳、玉花
1983 年元月 27 日重柳、玉花婚联

桃枝陇，青竹拥日出；

映月湖，碧水唱居成。

1985 年 12 月新居落成联

祥开万户，南阳兄弟普天下；

庆得千支，牛里子孙遍宇寰。

1986 年牛里邓氏祠堂联

登楼远望，尤乡秀色尽收来，汇聚繁荣景；

引首高瞻，赣水新颜全起舞，齐歌康乐居。

1988 年 6 月 9 日范冬根内侄新居落成联

深壑截拦衢道；

小桥通往心灵。

1988 年 10 月 6 日橘园对句门联

楹联选

暖雨妆江面，渔舟唱晚；
春风绿岸堤，鸟语欢歌。

1991 年春节刘香宝侄婿门联

厂座财神田，欣逢财神到；
背靠金鸡阁，欢请金鸡来。

嵌地名：财神田、金鸡阁
1992 年 7 月 2 日阳生铁厂开业联

苜蓿风味尝有足；
桃李满园乐无穷。

1992 年元旦邓坊小学门联

政策好，一新焕然诸神乐；
民心归，百废俱兴万众欢。

1993 年元旦、春节聚怡堂联

入室畅谈天下事；
登楼饱览万象春。

1993 年新建聚怡堂永久性门联

勤乃育裔本；
义为传后经。

1995 年 10 月岁次乙亥年闰八月二十四日母亲碑联

欲拜神求助；
须行善守真。

1996 年丙子正月聚怡堂门联

種豆南山下

笑纳千顷水；

躬耕万户春。

1996 年春节城东社令祠联

人如松鹤常闲静；

气似山河永葆存。

1996 年春节题戴君中堂画《山水松鹤图》联

蓝天广阔凭鹰跃；

碧海葳蕤任马驰。

1996 年春节题宝福中堂画《草原八骏图》联

学校兴建，让邓坊全体村民皆悦；

大楼奠基，感党政各级领导之恩。

1996 年 9 月 3 日邓坊小学教学大楼奠基仪式联

选出优秀人才，三思尔辈；

树立全局观念，再振吾乡。

1996 年 9 月 23 日选举中心会场联

昭洗百年中国耻；

抚平三代主权伤。

1997 年 6 月郊区文化局、妇联举办"庆香港回归"书画展联

寒窗苦读成才子；

大学深研作栋梁。

1998 年 9 月 19 日七华弟子考取安徽农大门联

楹联选

吉星高照新居户；

文曲常临学士门。

2002 年 2 月 19 日赖南海嘱撰书其友上梁、上学、迎春门联

迎春迎福，满堂共庆；

上学上梁，双喜临门。

2002 年 2 月 19 日赖南海嘱撰书其友上梁、上学、迎春门联

向科学进军，栽培社会全能者；

为祖国建设，输送未来各路材。

2002 年 6 月 1 日邓小庆"六一"门联

乐为村民成美事；

勤教孩子做新人。

2005 年春节邓坊村委、学校两单位共门联

辞旧也，门前老路生财广；

迎新矣，院后资源致富长。

2006 年春节樊君环保厂门联

鑫星高照兴隆第；

旺铺永生富利源。

首尾嵌公司名

2006 年 3 月 18 日陶绳富鑫源拍卖公司开业之庆联

红杰店小乾坤大；

饭庄酒香情意浓。

嵌名：红杰饭庄

2006 年农历三月三日红杰饭庄开张门联

种豆南山下

瑞雪涂成新世界；

祥光绘就富年华。

2008 年春节新公寓单元门联

旗峰欢唱乔迁路；

五福畅开吉庆门。

2010 年 12 月 18 日红俊莞城新居乔迁志禧

傍两湖一江，家旺财源永盛；

依三道六路，世荣福泽长兴。

2011 年正月初九日红俊南昌新居乔迁之喜

峰矗三春生德泽；

凯旋万物放光辉。

2013 年元月 26 日莞城社区老年大学于凯旋城现场即兴

昌东福地神仙坐；

御苑风光弟子尝。

2013 年 5 月 6 日南昌聚怡堂第三次重建永久性门联

（并隶书书写于莞邑）

红花怒放新年瑞；

骏马腾飞四季春。

嵌名：红俊

2014 年农历马年红俊莞城春节门联

楹
联
选

红星高照新居第；

骏马腾飞锦绣门。

嵌名：红俊

2014 年岁次甲午正月初六日红俊南昌新居上梁志禧

树柱迎春豪淡酒；

乔迁接福顺和年。

同上。活动中心正门联

少年苦读为人子；

大学深造乃栋梁。

2014 年 7 月 2 日为弟子志函考取南昌大学一本撰书

田川岳石名人画；

竹菊梅兰逸者伊。

嵌名：田衣

2014 年 10 月 29 日为湘潭画家齐白石再传人田衣女士撰书

注：伊，她。五四运动前后文学作品中专用女性代词。

附一首：读楹联有感·田衣

读罢斯联别样崇，辞清调雅乃真功。

筠风出自章江手，韵入东篱五柳中。

匪寇伟人皆产；

神仙魔鬼共存。

2014 年 11 月 6 日游张家界即兴

种豆南山下

黄旗山下春光美；

东泰社区气象新。

2014 年 12 月 29 日在东莞老年大学为社区撰书新年联

青云直上华羊舞；

红日东升骏马奔。

嵌名：清华、红俊

2015 年岁次乙未，

撰书广东唯尚建筑装饰设计科技有限公司春联

清泉曼舞华年景；

红树欢歌俊秀春。

嵌名：清华、红俊

2016 年岁次丙申，撰书广东唯尚建筑装饰设计科技有限公司春联

贤媛荟萃怀深谊；

妙语乡音叙旧情。

2018 年岁次戊戌十月初三日，

撰写邓坊村外嫁女回娘家聚会主题联

前湖起舞，映日同升，谱写吾村开拓景；

后路欢歌，与时俱进，编织华夏复兴春。

2019 年 4 月 19 日，邓军嘱撰邓坊小区东门牌楼联

柳逾花甲重坚韧；

玉磨六秩更光华。

嵌名：重柳、玉华

2019 年农历己亥九月初一，撰书罗玉华 60 寿庆联

楹
联
选

协力齐心，办好村民事；

与时俱进，绘美邓坊图。

2021 年 1 月 8 日撰书邓坊村委会门联

昊太同心情洁盛；

林间比翼爱天长。

2021 年 3 月 29 日揭悦辉（莲塘书法家）嘱撰：

长孙昊天与林洁新婚嵌名联

举勺调来山海味；

挥鞭点出栋梁材。

2021 年 8 月 11 日揭悦辉为辽宁好友

（夫妇厨师、教师）嘱撰职业联

旗帜鲜明跟党走，践行群众事；

顾全大局聚民心，绘就邓坊图。

2022 年 1 月 12 日撰书邓坊党群服务中心新年联

遥欣秀色，松吟梅岭鄱湖曲；

近览宏图，乐奏滕阁此苑章。

2022 年 1 月 28 日村委嘱撰邓坊小区西门牌坊联

忠诚耿洁勤为本；

妙意高深赋更香。

2022 年 8 月 12 日揭悦辉为好友黄本香嘱撰嵌名联

绿水长萦华甸地；

高楼更上碧云天。

2022 年 10 月 18 日胡友华嘱拟中堂画联

种豆南山下

绿醉千层呈瑞气；

红通一片映春晖。

2022 年 10 月 26 日拟王力公司中堂画联

华堂设席情横溢；

薄酒迎宾谊更深。

2022 年 12 月 30 日邓金鹅嘱拟长女于归宴席厅联

廿大春风，吹得神州千叠绿；

一轮旭日，迎来邓坊万紫红。

2023 年邓坊社区新春联

说明

　　本组楹联是作者在书写时即兴而成，为了内容起见，其中有一部分是以大节奏为平仄结构而拟的，但不影响传统楹联尚意从宽的联律。

散文选

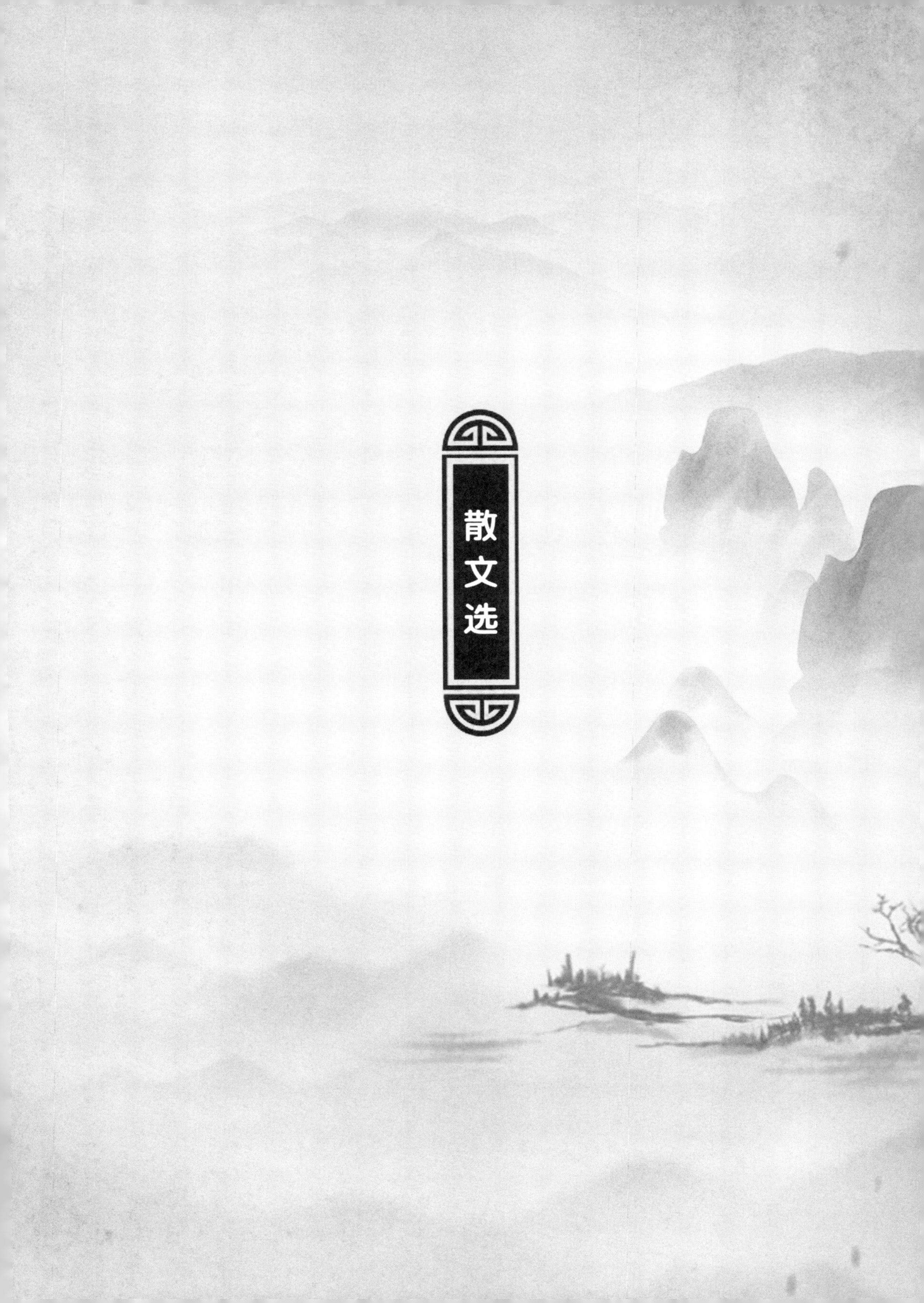

雨后芙蓉

　　身影挺拔，含苞欲放，衬托擎天翠叶，映着微波荡漾，珍珠撒落，点缀红妆姑娘；轻风催着绿浪，花含笑，叶低唱，仙子穿绿裙，分外娆装。雨过天晴，斜阳复大地，天净明，气鲜新；芙蓉立湖心，吸污泥，净浑水，洁自身，随风韵，漫野送芳馨，特显精气神；燕舞莺歌蜻蝶闹，树憨草羞鱼水沉，皆歉其神。

　　美哉！碧水芙蓉。二相并，景迷人。

1981 年 6 月 17 日

新春访友

　　新春，明媚秀色，清风拂面，予人以心旷神怡之感。新春，虎年之春，万物生龙活虎呈于眼前。我脚踩单车，一路欢歌，一路赏景。过山岗，穿田园，上公路，进村庄，到友家，叙家常。一见面，彼此亲切无比。我们握着手，进堂屋，入西厢，一股暖流涌入心田。

　　西厢宽敞而舒适。醒目处一张精致小桌，两边摆有曲尺形沙发，很引人注目。桌上摆有许多高级食品，香的、甜的、温的、凉的。应有尽有，任你品尝。最佳之品要算那杯热乎乎之茗茶，清澈碧绿，满室幽香，闻之扑鼻，品之味长。我不由脱口而出："美哉，美哉！"友笑而言之："还有更美者也。"于是我们便去东厢。

　　东厢尽是年货，琳琅满目，眼花缭乱，腊味袭人，视之口水欲流。友走到一角，掀开蒲盖，现一大瓦缸，缸内满是农家腊酒，推开缸盖，顿时满屋飘香，让你不饮自醉也。色橙黄橙黄，友舀上两碗，宾主立式对饮，味鲜而美，胜如蜜甜。真叫人爱不释手，色香味一体，不醉才怪也。

我们似酒中仙子，悠然地来到堂屋，和家人坐上小方桌。品着各色酒菜，谈着各种话题——赞改革开放，叙生活感受，讲个人情趣，问工作进步，评头儿方略，议自己长短，作新春规划，建友好之谊。滔滔不绝，各抒己见，充满着真挚、和蔼之情。

灯亮了，节日气氛更浓了。灯光照亮了西厢，照亮了堂屋，照亮了村庄，照亮了大地，照亮了好友送我回家的笑容。

1986 年岁次丙寅正月十二日

田野秋色

教师节上午，秋高气爽。我和同事踏山野，寻小径，以诱人的薄荷为向导，去荷塘赏景。

荷塘在城南，一大片水面被田田的荷叶压住，那出水的荷花，带着羞涩的面容欢笑着。花间淡黄，且蕴白意，围着花心的丝丝细须，颇柔美又匀均，披于小莲蓬之旁，精致好看，散发清香。沉甸甸的大莲蓬果实丰满，在微风里点头示意，招你随意采摘。柔边，韧蒂，扳开那莲子儿，却透出乳白的肉，送到嘴里，润而甜。空处的水碧绿碧绿，翠鸟点过，泛起笑浪。俄而鱼群又自由自在地游来。

"秋日荷花满池塘，随风送出十里香。采摘莲蓬回家去，嫩藕待客情意长。"噫！好熟悉的采莲歌。我拨开遮天荷叶，顺着歌声寻视。啊，原来是老同学在抽嫩藕枝。于是，我便随民风即兴和之："漫野青，香味浓。莲叶无穷碧，荷花别样红。"咱们偶遇，真是难得。我们踏上荷塘岸，三人坐在深绿的海洋中促膝谈心。我们品尝着白莲肉，嫩藕枝，回顾往日同窗之情，欣赏大自然之美景。

瞧，田畦的小草郁茵而蓬松，犹如天然绿毯；路边的野花尽情展姿而幽香沁脾，简直与荷花竞美；田间的稻粒破腹吐艳正与阳光组合；天空的小鸟在蓝天白云下忽起忽落，点缀着如梦如幻的自然景观。伴随着起伏的稻浪，我们的谈笑，真是一幅有声有色，有情有趣，天地人和的画卷啊。

1986 年 9 月 10 日

太阳岛随笔

盛夏，与办事同行者游哈市太阳岛，登之便觉凉风飒飒，雪花纷飞。同行者曰："此乃北国风光名不虚传也。"我仰首观之，却见扬花絮柳自空而降，漫岛飞舞，加之树木掩住日光，真显寒气袭人也。偶尔见一小园，方知夏日。此时太阳正午，风和日丽。俯首而视，青草满地，郁郁葱葱，野花香气袭人，池间波光涟漪，游鱼潜水。同行者曰："此乃南国胜地此处独存也。"我举目环视，游人络绎不绝，举机取景，留以纪念。我即而起兴，随笔记之。曰：蓬莱仙境也。

1988 年 6 月 28 日

聚怡堂记

癸酉年春，华堂竣工，三老嘱我记之，意表募捐者之绩。

改革以来，村民生活如潮。长者爱于叙，少者喜于乐，需一公寓聚之，便于交流。壬申腊月，众议修公寓，即而自发捐款，以之积德累仁也。首者邓纶墉六千八百八十八元，次者邓久泉一百五十元，三者邓久果五十元。余者三十、二十、十元、八元，各敬微意。

公寓建于村中央，西南向，远眺沃野，近见碧塘。纳万顷之水，入九曲之流，穿七池，过东湖，进赣江，汇大海。登楼览之，一派秀色尽收于眼，乐人心旷神怡之感。楼设神龛，由信仰者供奉，以增各氏之团结。楼下俱乐部，可容百余人，众于此南天北地，谈古论今，可谓其乐无穷也。

甚哉！入室畅谈天下事，登楼饱览万象春。

邓坊兮永昌！

1993 年岁次癸酉三月

武宁行

武宁城，远山近水相环，公路盘旋，经渡而入。黄昏远眺西山，薄雾炊烟共萦，似白练。俄而渐逝，山显露，几竿碧竹串住西坠之日，如糖葫芦擎于山神之手。风微吹，湖面波光粼粼，倒映琼楼玉阁。伴之南天雁群之影，听之湖心渔舟唱晚之歌。城灯渐起，稀星欲繁，山峦入梦，市井扬帆。美哉！仙境也。

1996 年元月

苇原说

盘锦办事毕，赴大连，绕道而行。问同行者何故？曰：前方沿海乃古迹苇原也。无边无际，皆黛绿色。海风吹，苇波起伏，如同海涛喧哗，蓝绿相连，远远望去，你便错愕为海浪掀然也；平静时，一碧千里，鸦雀无声，只见小鸟忽上忽下，你便误为进入草原也。中间一盆地，传说十万亩，种植水稻，不耕耘，不

種豆南山下

灌溉，自生自灭，类似水潴火种，任其回到原始时代矣。一条路直畅中心处，专用以运粮。每年只产极少数，极纯净，极珍贵之谷，由专线直达天池，便美其名曰：王母粮食基地也。

1997 年 7 月

仁佳老师谱赞

仁佳老师，谢公之才。通声律，精诂训，好文学，善书画。博大精深，学贯古今，严谨治学，兰馨乡邻。

六十年代，恩师从教。是时生活清贫，正值自然灾害，师以苦为乐，以教为荣，率弟子于危房授业，并自己动手创办茅棚学校，荣获县市嘉奖。此乃其德行高也。

恩师治学严而实，传道择弟子之长而行，因材施教，以今之素质教育而论，其已先行五十年，尽展一代名师风采。弟子学有所得，人人成才，个个有用，现任职于省市县乡者不计其数。可谓桃李遍天下，硕果满园也。

师今七旬，尚于大江南北考证文史、地志。此学而不厌之风，将永勉弟子迈进也。

总之，师之文，师之道，师之言，师之行皆属门生之楷模也。

赞曰：

清风得意是师崇，

腹饱诗书不诩雄。

奉献何须徒有报？

满园桃李乐无穷。

2001 年岁次辛巳仲秋
不才门生水发敬撰

【相关链】

邓坊小学，1950年创建，初创时是南昌县复试民办教学点，后来发展成完全小学。2005年随行政管理划入南昌市高新开发区，便将南塘小学、鱼尾小学合并过来，当时称"高新区邓坊小学"，现为"艾溪湖第二小学"。

徐仁佳，作者启蒙老师，邓坊小学创始人之一，其教育事迹见作者撰编的《邓坊小学校志·徐仁佳小传》。

圆门新园

此乃南国之建筑群，很自然，选三山苍翠之低处，截住溪流，便成一湖。

湖面波光粼粼，游船三三两两，水清澈而见鱼，隐约可视暗石。榕树披荫而出，高枝擎天，低枝击水。游人与鱼共赏，你看我，我看你，假令放饵于水中，鱼便伴你同乐，一路追打腾跃，金银相辉，水声扑咚哗啦，真乃鲤鱼跳龙门也。三山脚下，仿古建筑隐蔽于林间，十月南国虽热，可此地甚凉。背景靠山，建有几处楼阁，布局于林荫里，皆属仿古式，红灯高挑，古乐轻奏，静听沁人肺腑。入堂盘坐，见舞台皆南国少女，着古装，吟古曲，演唱文静儒雅。器乐轻敲细打，声律悠扬，使游者有翩然起舞之感。俄而轻音渐逝，思绪浮起，环视山水间，不觉便到大门。细品古建筑，误为北京故宫也，若留神门额之书——圆门新园，你便知人在珠海也。

园前街道有条不紊，人来人往，车水马龙，到处呈现一派中兴、和谐之景致也。

2009年10月与腾、胜二兄、俊儿夫妇及内人范冼同游

种豆南山下

杰康复期，家拮据，俊一毕业便赴南方创业，我与红根、少峰、恰毛等以股份制兴办养殖场，欲先富。时，家一小店，尚可糊口。

基地建于村南一里地，山东侧，面积二十余亩，有山地、稻田、水面，其中场房两亩，属达标民企。宗旨种养一体化——种青料喂猪，猪粪养鱼。曰为生态循环链，环环落实。当时轰动乡、区，连市榜也冠之名。

到基地有三条路，即山顶小路，园间小路，沿山渠道。平时我们都走园间小路。此处四季都美。

秋夜，你行于园间小路，便有各种昆虫迎送，随夜小唱，优雅文静，别有风韵。树间漏下月光，巷道徐来清风。电筒聚光处，偶尔小小野兽闪现，眼似绿灯笼，呆呆地立于光点中，让你感到既欣慰而又存怯意。一到基地，静中便走来狗儿，摇头摆尾地接你。天空雁鸣，湖间鸭叫，栏内猪酣，池中鱼跃……简直是幽静中的音乐会，又是催眠曲，将你送入甜美的梦乡。一觉醒来，却大天亮，你会自然地展望金色田野，运动运动后，便去清栏投料观鱼情。再则上山摘野果，采草药。有酸甜的野草莓、涩口的玫瑰籽、淡甜的山地参、谷果、柑果等；龙骨、凤尾、金钱、大活血、半边莲、拔毒散等，山头山脚，无处不是。满地落果，诱得许多不知名儿的鸟来相争。山上橘林，下种花生、红薯等农作物，层层叠叠，由低而高，一片苍翠。山北树木撑天，园间村民的自留地种得花开花落，层出不穷。晚秋时节，前湖干涸，许多鱼、虾、蟹、蚌、河螺等，随意可采，肥美得你真想生吞活剥。若夜间开餐，无意中便引来许多美食村民到此牙祭，顺便带上途中掏鸟窝的精品，更是美上加美，通宵达旦，又娱又乐，呈现一派丰收后的祥和景象。

初冬野菊甚美，田塍山坡，黄花点缀，园间巷尾，遍地生辉，一块块，一簇簇，分外娇艳耐霜，那种傲然之态，令人浮想翩翩。到了严冬，漫野白茫，唯基地腾雾无雪，人称此乃风水宝地，实属地理位置居优。后山高，前湖广，日照长。雪停尚未解冻时，你可去湖边溜冰，捡鱼虾，抓野鸭，或上山围猎，捉野鸡，捕野兔。尤其是大雪天，野兔饥寒交迫，送进屋来，任你宰割。天一放晴，你便可寻穴猎野。鳝鱼、泥鳅、田鸡、龙虾、田螺、乌鱼等田野遍是；眠蛇、乌龟、鼾猪、野狗等山间可取。真美不胜收，好吃无比。腻了，便上山挖红薯，暗火煨吃，又香又甜，别有风味。若有兴狩猎，便夜间进树林，扑麻雀，追野兽都行。傍晚，你去田野寻洞，烟熏黄鼠狼，让你尽兴地折腾一番。累了便回基地，躺在床上，静听雁鸣、鸭欢、邑犬吠，更显静中有动。

春天来了，基地桃红柳绿，山花烂漫，鹭飞雀舞，鱼跃蛙鸣。树木伸枝展叶，田间流水欢歌。前湖明，后山绿，水田缺口薄飞瀑。流水注入池湖，诱得鱼儿跳龙门，许多大力士跳过头，蹦到路上，粘着泥土，随你捉弄取回。鲤鱼、鲫鱼、鲇鱼……清蒸熬汤，又甘又美又补人。雨过天晴，你便可以上山攀竹笋，采蘑菇，摘木耳，挖野菜，拾地木耳等。有朋自远方来，出门便是山珍海味，取之得心应手，不费半点工夫。当然除鱼外，春季是不可获猎待客的。更忙者便是房前屋后，种瓜种豆。我们桃、橘、李、柚、甘蔗、莲藕、荸荠都种。放鱼苗，播草籽，犁田，抛秧，忙得不亦悦乎。春宵，蛙曲便是一绝，尤其是傍晚，狂鸣一阵，歇一阵，随之便彻夜不休，叫你又烦又乐。

初夏湖面、稻田、山林全是鲜绿，油亮得欲滴，风一吹，翻滚绿浪。天也是绿的，映在湖里，云团与鱼群并行，带来微微凉

种豆南山下

风，空气好有清新感。堤岸星花致意，树林绿果窥视。翠鸟击水，黄莺登枝，画眉清唱，燕子高飞。群鸟们在桑枝、谷树、楝花中举办夏季音乐会，它们舞的舞，唱的唱，给大自然增添了许多生趣。

盛夏时节，我总喜于走艾家篱到牧童下这段沿山渠道去基地。那儿优美清静。路边野花扬起笑脸，让你倍感舒畅；小草铺好绿毯，诱你卧地休息。微流渠水里鱼飞，鳅舞，蛇游。青蛙扑嘎，真叫你受惊不小。树荫照水，石桥便路，若歇息于桥面，伸脚渠流中，或小卧于石板桥上，你可静思遐想，听林间蝉鸣，看树上天牛。更有风骚蛇缠住歪檀树交配，老乌龟爬上斜柳树纳凉的奇观。

盛夏天气变化无常，若老天发怒，几天连续暴雨，那便是另一张脸谱。我们就得防汛三道，既防江水湖水，又防基地内涝。男女上阵，全民皆兵。此时，我们只好走山顶小路。雨夜，脚踩在泥泞上，发出咔吱声，偶尔惊得土割（一种土色小青蛙）碰脚，踩在它身上，啪的一声，好有情调。立于山顶，你举目远眺，四周夜色尽收于眼，真有一览众山小之感，连洪城灯光都显得淡而小。水面凉风习习，侵入人身，微觉寒意。若遇大水年景，老天脸谱又一翻。20世纪末最后两年（1998、1999），连续遇上百年罕见的洪魔，全基地迁徙。内湖两日便成汪洋，水吞房梁，浪欺山脚。邻村早已立于汪洋之中，只是远视屋顶和树木误为孤岛也。此时我们便改行当渔夫。划圈管水面，摆鱼门阵，每天出鱼两船，真够意思。那些欢蹦乱跳之鱼，有的偶尔蹦出船，回到水里，又游进鱼门阵。见此状，我笑而说："原来鱼生游戏也玩味无穷，只是不知死将到矣。'垂死挣扎'之词莫非由此而来也。"

晚上，五对男女徒步巡湖，肩扛棍棒，手握电筒，踏着一字形队伍，十支光柱在湖面扫射，好不威风。沿水岸走一圈，便是一个晚上。近天亮，随意取两条大鱼，二三十斤，煮粉美食。酒醉饭饱后，便去划船寻湖。

星夜挥桨巡湖最有滋味。我们三人一组，披星戴月，划着小船，哼着小调，喝着小酒，品着小食，带着几分醉意，漫游半个湖面。从西边的马古山脚，经南堤分界线，划到北面安乐堤，再绕魏家水村，来到湖心堤岛。我们拢船上岸，在鱼棚前的草地上铺开雨衣，卧看流星萤火，谈着牛郎织女，讲着乡间俚事。一晃便东方欲晓，于是我们又忙于划船，起网，捞鱼，满载而归。五位女性箩挑市售，与邻分享。此时我们也忙于调车买料，喂猪查网。男女以苦为乐，生活充满阳光。

夏去秋尽，水归东海，我们便操作有序，重整基地，恢复生态。正因此繁忙之劳作，优美之环境，自然之美食，有律之生活，才使我们的身心更美矣。

故曰：美哉！多多益善也。

2011 年 12 月于莞城景湖春晓

家乡的秋天

天，蔚蓝的，几朵白云悠闲地飘着。微风拂动江面，让碧绿的江水送来清新的空气，予以晨练人们的美好享受。绿洲好有情意：育肥了牛，招来了鸟——朝晖里黄莺高唱，八哥跳舞，蓬雀掠影，翠鸟登枝，野鸡时隐时现，鹭群忽飞忽落，在牛前牛后忙个不停，它们吃饱了，玩够了，便懒得行动，干脆寄身于牛背之上，随牛漫游绿野。远眺江心小岛，渔者撒网，隐者垂钓，真有世外桃源之感矣。

啊！家乡的秋天真美。

2012 年 8 月 7 日于南昌

种豆南山下

异域风情

当大使

你想当大使吗？一定很羡慕吧。可是在马来西亚"当大使"应该是人人都要做的官。因为马来语"当大使"译成汉语就是"上厕所"。

"水晶晶"与"干晶晶"

在泰国，称美女为"水晶晶"，老妇叫"干晶晶"。在摊位购物，你呼年轻女店员"水晶晶"，她会十分热情接待你，甚至给你优惠价。若见老妇，你叫她"水晶晶"，她会吐痰骂你，说你讥笑她。于是你非赔礼不是。

在中国就不一样，一天我去晨练，遇到张姐，她说："你出国来学到什么新鲜话？"我笑着说："干晶晶，早晨好。"她非常生气地说："你不知道我经干了吗？"说完，掉头就走。

洗屁子

马来西亚黑风洞是印度人居住区。他们洗手间的便池边，放一桶水，水桶里一个勺子，当你拉完屎后就用勺子舀水洗屁子。一天，一位游客从洗手间里嚷着出来说："那多不卫生呀！"印度的导游听后，便理直气壮地说："你们中国福建人更不卫生，便后用竹片刮屁眼呢，而且不安全。"真的，我在福建邵武曾经历过此事，两者异曲同工。

倒　埋

"倒埋"在中国是没有的习俗，"拖你倒埋"则是中国人最恶劣的骂语。"倒埋"则在马来西亚穆斯林中真有其事。信徒死了，他们用白布裹着尸体，让几个穆斯林扛出去，在野外挖一个竖坑，将死者的头朝下倒埋着。便美其名曰"接地气"。我想，这或许是引用中国"福"字倒贴的掌故吧。

祷告的联想

"三忠于"是中国"文革"时的产物。那时三餐饭前，全家大小都要面对忠字台，手举红宝书，庄重地念几条语录，呼两声祝词，方可开饭。当时我以为是中国的一大创举。这次在马来西亚看见穆斯林信徒们一天做三次祷告，每次十五分钟。他们到时就停工，停产，净手后席地而坐，庄严肃穆，闭目诵祷。久而久之，信徒们就磨炼出了一种慢节奏的生活方式，民族慢到跟不上人类发展的步伐，直到 20 世纪 60 年代才摆脱外国的殖民统治。而中国的"三忠于"呢？不也是倒退了十年吗！

唉！受害者，吾辈也。

头纱与偷情

穆斯林女子，遮头巾是一种习俗。中东女子全遮，只留两个眼洞。马来、印尼等国的只遮头不遮脸。她们认为，女子的面容只能让自己的丈夫所有，任何人都不能欣赏，以示对自己男人的尊敬。而男人们呢，却可娶四个老婆，还有外遇。外遇是对女子绝对不公平。女子一旦有外遇，被人举报，族权便高于法权，处以该女子死刑，男性逍遥法外。此罪判罚，并不要证据，只要有人举报就行。多么可怕的族权去践踏多么纯洁的女性。

其实现在人看来，遮头巾的实用性有三：其一，防晒；其二，防树上掉蛇伤颈部；其三，更便于偷情女子让人看不出真相。

种豆南山下

花　车

马六甲市，有一道极为亮丽的风景，那就是花车，专供游人观光坐的。所谓花车，类似中国的三轮车，用帆布遮边，挂满花圈。游客一到景区，车夫们就推车蜂拥而上，拉你上车，马币三块（相当人民币六元），随即便放那低沉的乐曲，沿风景区绕一圈，让你轻松浏览街道风光。可中国的游客就不上车，因为都会联想到殡仪馆那送葬的一幕。

怪哉！哀，马来人之乐也。

赌　场

旅游看赌场，还是新加坡和澳门为最。

新加坡赌场，大气磅礴，豪华惊人，赢家会安全离开。门宽路广电梯大，出门便是钱庄，安保局，更可驱车几十分钟离境。导游说："这是为胜者而设计的。"

澳门赌场则反之。赌场出门就是死海、医院、火葬场。导游说："这是为输者而设计的——死亡一条龙。"

噫，赌者，乐也，哀也。

鞭刑的联想

凡在新加坡旅游的人，安全系数最高。那里没有小偷，因为该国有一种既古老而又残酷的鞭刑，鞭下去就皮开肉绽。但这种刑对另一种小偷不施，那就是偷情者。这是他们从老祖宗中国借鉴来的。

中国古代偷情者，一旦被抓住，就割耳朵。过了一段时间，满朝文武官员都没有耳朵。皇上知情后，便改施鞭刑。结果常常是大半官员不上朝。皇上问明原因后，只好从轻发落——剪光头发。不久，朝见的官员都没有辫子。皇上无可奈何地说："官员没有辫子成何体统呢？"于是他就想到偷情女子。说："凡女性偷情者，被抓就剪光头发。"这种习俗一直沿用到"文革"时期，甚至有的边远农村还在施行。

法者，乖也，以人之意而变也。

2013 年 7 月于莞城明华苑

台湾趣事

爱　河

爱河是在高雄市的闹区。相传在 20 世纪 40 年代末，一对年轻恋人不满家人的反对，在一个漆黑的晚上殉情于此。当时天下大雨，台风骤起，河两岸店铺的招牌都刮到河间。第二天，风平浪静，河边站满了人，都在谈论年轻恋人殉情的故事，许多记者也来了。其中一位外国记者来得晚，他不知此河叫什么名字，正在思考时，前面漂来一块断截的招牌，招牌上唯独一个红色的"爱"字，他顿生灵感，回去后便在新闻版面用醒目的文字标题：《爱河殉情的浪漫故事》，于是这条河的名称便以此而来，人们一直叫作"爱河"。此前，此河是没有名称的，是一条与弯子港两头通的城市排水沟，河水根据海潮的起落而倒顺都流。原来河水很清澈，象征纯贞的爱情。后来沿河两边成了红灯区，把一泓清可弄浊了。

现在爱河的水全是浑的，臭的，所以游者只能在夜间看两边迷蒙的灯光，在游船上听导游的天方夜谭。

仙　鞋

在野柳湾海边，有一块很像拖鞋一样的风化岩，置在海水旁。据说是仙女回天界时仓促间从半空掉下来的拖鞋。仙女很爱野柳湾的美景，常常成群私下天宫，来野柳湾看风光，沐海浴，总是不想回去。一天，玉皇派天神下来催仙女们回宫，于是这个美好的传说便开始了。

野柳湾是地貌自然景观，是由海水和风将泥土通过自然风化而成的地貌形状。像猫的，像狮的，像蘑菇的，像女皇的……百般形态，千姿万怪。仙鞋说来还真像古老的木板拖鞋，有鞋带，鞋板上有斜纹，木板的厚度，大小与鞋带很相称，远看近看都很逼真，躺在陡峭的海浪边让你触摸不着，让你进入神话，让你得到美的享受。

南岛民舞

讲到人体艺术，人们自然会想到的是女性。而在台湾看南岛民舞的表演就是另一种风韵。舞台上女演员文质彬彬，男演员展现裸露，显示着粗犷与雄健的美。在一个节目的退场时，一位男演员掉队了，他佯装慌张，有意无意地摔一跤，躺在舞台中，丁字裤自然翻起，裸着身子，光着屁股大方地退场。顿时全场轰动，好有艺术魅力。

南岛是个小岛，生活在那里的渔民为数极少。他们以捕捞罗非鱼为生，气候酷热，渔民出海兜着丁字裤。所谓"丁字裤"，可想而知，就是一条小布，遮住身下的隐处，风一吹，生殖器官全见。这种民俗自古至今都没有改变。因为这里四季都热，人们只有返回原始劳作。这支族系渔民，一般女性看家，男性出海。他们生活自由，有语言而无文字，传说是高山族人之一。

阿里

阿里是高山族的一位强汉，他淳朴善良，力大无比。

一日，阿里去打猎，看见一只老虎追扑两个美女，他一箭将老虎射死，两个美女得救了。阿里往山上走，在山腰间寻找猎物，忽然，他眼前一个怪老头出现，怪老头拿着手杖，追抓刚才得救的两个美女，阿里急忙上前去解围，可是怪老头反用手杖杀他。阿里夺得手杖，将怪老头打死，两美又一次得救了，而且又是刚才救她们的那位英雄。阿里继续赶路，走到山顶，看见一个凶神恶煞的大汉，手有力地握一对大铁锤，追抓刚才得救的两个美女。他连忙上前阻拦。美女说："好汉，你阻拦不住的，他是天上的雷神，是玉皇大帝派来抓我们回天宫的，我们是仙女，喜爱这山里的美丽景色，不想回天界受罚。"阿里听了，想救两个美女，便向雷神求情，好说歹说雷神不听，反将阿里打倒在地。片刻，阿里就变成树木，高大的擎天，矮小的覆地，一碧千里。两位仙女看见好汉为她们而死，很是感动，她们也为这位好汉而死。死后便变成了美丽的花草，漫山遍野，处处幽香。雷神见到如此壮举的一幕，赞叹着说："此山就叫阿里山吧，让他的后代永远享受这美好的仙境。"

据说高山族的人都是阿里的后裔，常居深山里，有语言，没文字。老蒋叫他们为山民，小蒋尊他们为原居民。

苏　凤

苏凤，高山首领，为人慷慨。每年一度的出草盛典就是由他主持。

所谓"出草"说成汉语就是祭山。祭，是各族族民古老的一种活动，形式大同小异，但有个共性——见血，尤其是重大盛典。台湾生长在大山里的人们，每年首次狩猎都要举行一次出草盛典，在出草的前几天他们就要到山下去抓个汉人，拉到山上，在出草典礼上杀他的头，用来祭山。这种愚昧的原始活动，在高

种豆南山下

山族中一直沿用到清末。

最后一届是苏凤当首领，他很不赞成这种愚蠢的做法，但又非这样做不可。有一年，出草的日子快到了，苏凤装病，便对副首领说："我病了，这次出草盛典有你主持，也希望是高山族最后的一次杀人祭。以后你带他们走出大山，见见世面。"出草的日子到了，几个强悍的山民从山下抓来一个汉人，绑着身子，蒙着头眼，推到一间小屋里关起来。出草盛典到了，代理主持废话后便是杀人祭，这时拉来一个蒙头人，跪在祭坛前，杀手一刀砍下，人头落地，翻滚着，人们仔细一看，不是汉人头，而是首领苏凤的头。代理主持恍然大悟。尔后废除了出草盛典；并尊苏凤为神。这个真实的故事一直到现在都传为美谈。

【相关链】

祭祀的原始意义是纪念，而血祭大概是壮胆镇惊而已。在奴隶社会里，人祭是常见之事。进入封建社会，才改为用牲口或牲口血代替，比如杀猪，宰羊，用鸡血等，形成了原始与文明一体的特色。进入高度文明的今天，这种习俗就废除了，在偏僻的地区即使是有，也是一种形式。

花　莲

花莲是台湾东部的一个地区，住着高山的一支族民。他们男子到了16岁有胆识，强悍者便可花脸，文身，以示强汉子。美丽的姑娘就会紧追不舍，希望嫁他为妻。当然，不一定每个男子到了16岁就能这样做，还要有硬件表现出来，让大家一致公认，比如，为人公道，打猎出色等。花纹的仪式由首领举行。起初，对这件事很郑重，随着年轻人的虚荣心，后来就演变成，凡16岁的健康男子都可花纹，这样一改，便出现歧视弱男子的现象，尔后首领就干脆改为：凡16岁的男子都可举行花纹仪式。因为这个地区的男子走出去都花脸，于是外地人称他们花脸人，这个地区也叫花脸地区。"花脸"与"花莲"谐音，书写时人们就自然写成"花莲"了。这个地区就是现在的花莲县。

真的，如果你有机会去花莲，一定会听到花脸的年轻人自豪地给你讲这个民俗故事。

花　圈

"哇！好隆重的葬礼，三家大酒店的门前都摆满了花圈。"我惊讶地叫起来。

林导听后便笑着说："那是喜庆。"

我更莫名其妙。

林导接着说："台湾原居民起初接触的是荷兰文化，婚丧喜庆都盛行花圈，就像我们汉文化中红白喜事都要放鞭炮一样。"

说来也是，花圈在汉文化中用于丧事是 20 世纪末渗入的，一直没有用在喜庆上。现在大城市都禁止放鞭炮，或许若干年后花圈会取而代之呢。

蛇龟说

老蒋败走台湾，内心万分沮丧。此病态被台南人看透。于是便在莲花池修一佛像，一脚踩乌龟，一脚踩蛇。老蒋见状曰："龟者，我也，渡神仙漂海来台矣；蛇者，毛也，泥鳅岂敢越洋乎？"空间突有人曰："蛇者，蛟龙也，遨游大海吞龟也。"老蒋听后，驱车而走。不日，大病。

2013 年 12 月于明华苑

種豆南山下

学书乐道

闲来无事，与几位书法好友漫聊，问及我学书经历，甚有感触。古人云："书中自有黄金屋。"正此引力，让我在工作之余，软笔硬笔乱涂，四十余年如一日，总谓写字，何谓书法，时有时无，便意临过二十余通碑帖，每帖三百字以上。

20世纪70年代习汉隶、唐楷；80年代学二王行草，兼触金文皮毛；90年代入京东书法学会，寄书稿于北京杨再春老师点评。在南大书法进修期，接触了许多专业性名师、大家（徐仁义等），辅导兼自学，总算完成了八名学科（书论、篆、隶、楷、行、草、碑、帖）之教程。尔后便是书法实践，投稿参赛，偶获回扣。

退休后随孩子来东莞，一晃便六年，前三年整理庸作《小草》，后三年在社区老年大学书法班找乐趣。去年夏，湘潭画家齐白石再传人田衣来此，于是校领导便带我们去中国干部书画院造访潘树院长，取长补短，汲取军人书风之养分。最近经一位好友介绍，在市老干中心大学书画研讨组学习，接触了李军华、张锡麟等书画名师。我先后带了十张字请他们指点，他们按各自审美观，对其中三张提出了完善意见。可谓受益匪浅也。

与名师大家相交，不但能使学术得到升华，而且能使精神得到享受。学无止境，其乐融融，岂不正是？

我年近七旬，尚乐于书法修养，不知老之将至，真有点破帽遮颜之感，但一进书屋，此自嘲之心理便灰飞烟灭。何故？时髦曰："追梦"——书中自有黄金屋。

善哉！人活到老，学到老，亦乐到老。如此乐道，益于身心，胜于神仙。

2016年4月22日于东莞明华苑

观海听涛

邮轮行驶在大洋中，站在顶层，远看大海，天水一色，无边无际，只是相接在茫茫间而已。天是蓝的，水是墨的，整个海面简直是天，星星点缀。那大小不规则的浪头十分醒目，顺着看，层层叠叠地推陈出新，斜着看，层出不穷地眨着眼。浪花起伏于广阔的大海中，时隐时现，趣味无穷。近看海面，海浪升降数米，在浪头收起的瞬间，聚成大白点，即时跌落下来，溅开巨大的白花，变化万千，响声浑宏惊骇，这应该叫海涛。相对起伏于平静的大海，可被我们的邮轮人为地打破，它闯入其间，推波助澜，使周边的环境突然发生变化。海浪高了，白花大了，涛声响了，海水绿了，总之，环境美化了！

人们常说：观海使人胸广，听涛使人心怡，美化使人益善，大概就是这种深境吧？

2017 年 12 月 31 日于南海 WSC 邮轮 6 楼 1092 室

观　云

在海上观云很有趣味。云随风和在阳光里慢慢推进，黑白灰黄，斑斓色彩。太阳一会儿躲在云层里，一会儿露出笑脸，让天空活跃起来了。狮子来了，张着大嘴要吞太阳；狗狗来了，紧收腹部背着云层里的太阳逃之夭夭；大青石板断裂了，清晰的痕迹慢慢地挤压得太阳无光亮而藏起来了。数根光柱斜立在远方的海面上，将大石板顶住，让太阳透出流光呢。光柱映着海水，便汇成了彩虹。海面是大明镜，波光粼粼……

2018 年元月 2 日于 WSC 邮轮 6 楼 1092 室

種豆南山下

家乡的趣闻轶事

金圣驾

金圣驾，原叫周家坡，明代本族氏管辖。晚清后称途家坊，是赣江南支码头。抗战期，此地成为闹市。

传说：一日一位皇帝暗访，坐船途经此地，不慎座椅落江中，越坠越深，直至不可测量河床。此时，一厨子正在船舷刷锅，受惊失手，锅亦坠江。年长日久，锅已成精，作怪时怒吐油烟，三汛期吞船，枯水期抹黑。悬崖深渊处有穴，潜藏鱼群。渔户秋季禁渔，冬季定期开港，到时从四面八方赶来捕捞，即刻银光闪闪，满载而归，扣舷而歌之：金圣驾，金银家，开港鱼妖一网抓。

其实"金圣驾"是皇帝座椅，渔谣说成"金银家"是谐音，反而忘却原来地名，此地便是今之北望南渡口。至于锅精之传，实属地下矿藏石油。

金鸡阁

晚，一渔夫打鱼归，过金鸡阁，见发光处一母鸡带小鸡野游，好奇，近前看，见是金鸡，速撒网，逮住一小者。母鸡见状，反击，啄渔夫一口，初，不甚痛。渔夫惊获意外之财，欣喜若狂，须不知啄伤长期不愈，凄疼要命。直至金鸡售费用完，此伤方愈。

黄犬巷

翘林兄弟，建七门三进大院，门高巷深，雨天或夜深无人时，巷内幽静，常有一黄犬闲逛。偶然遇人，如梦如幻，即追，忽无，消失处冒烟。据传此是金犬，若见证者当即随烟挖掘，能获横财，不识者便错失良机。

西宫苑

南浦山下西宫苑，是本族氏七景之一。前湖纳抚河水，直注赣江，连南支北支，行船可达蒋家埠。此地水深百尺，沉船不见桅。明初，湖岸修有西宫苑，设码头，方便过往船只停泊，一度市貌繁华。晚清，围堤后，蓄水却成风水宝地。风雨夜，彼岸居民常见此地荷花之上隐现长明灯，称为荷花地。一日，城头范（蒋巷五丰）一富翁请地师采地，识出此乃官地，重金买下，葬其祖，果出朝廷大官。尔后邓华国之祖葬于此旁，亦中举，未成气候，被主考官抓阄除名。

怪哉！真福地福人登？

国勃断山

很久前，仁济庙旁高山与悬崖相印，湖水延山而流，似石钟山，发清脆之声，绝美。

一日地师国勃经此，见高崖欲倾，便在山前念道："石门请开，国勃看地来。"俄而，石山果开。见状，国勃极速飞一铜钉，将山脉截断。若干年后，山不再升，河水改道，春汛反馈，形成一深潭，藏一牛子怪，常出来丧人。时，有个邓氏者，通法术，人称邓法官，善抓妖精。某日，在仁济庙前摆香案，念咒语，下水前，叮嘱人们紧锣密鼓，吆喝呐喊，不可停声。顷刻，水面巨浪翻腾，眨眼间，将妖精抓出水面。此时锣鼓即休，人们好奇去看。坏事矣，岂知锣鼓刚停，妖精即醒，反将法官吞没于潭底。

唉！"国勃害人也。"

2023 年 6 月于南昌

习隶之序

——东莞老年大学书法辅导讲稿

中国的书法不是单纯的写字，而是表现书者的精神、气质、学识和素质。有三个要素：笔法、笔势、笔意。

这段话阐述了三大内容：

1. 中国书法史；

2. 书者要具有一定的文化素质；

3. 掌握书法技巧和书意（三要素）。

我们学习书法，首先就要了解中国书法史，了解中国的文明、文化发展和书法的价值观。要明了从上古的结绳记事，到今天的计算机应用，都印记着书法艺术在与时俱进。要了解我国书法的历代书风和著名书家。如气势、神韵、法度、意境等；四贤、二圣、三师、四家、两赵、孙杨等[①]；至于书者的文化素质，起码要做到不写错别字。如诗云琴瑟友之。写成加"雨"字头的"云"就成笑柄。习书者应该要有文史、社科、哲学、语法、修辞和逻辑等文化修养；三要素是学书的重点。今天我所讲的"习隶之序"，属于三要素，即学习隶书的逻辑思维，重点讲笔势和笔意。共分六点与诸位共同探讨。

一、隶书发展简史

相传汉字是仓颉所造，大概是在甲骨文出现以前，隶书体是秦代程邈所造。其实汉字和隶书体都是我国古代劳动人民在实践活动中根据记录所需而产生的。应该正确地说，汉字是仓颉、隶书体是程邈整理而成的，就像李斯将六国的大篆整理成小篆一样。汉隶通古今，说的是隶书上承大篆，下启草楷各体。它的笔法从篆书"一笔法"变为隶书"三笔法"，再繁衍成楷书的"永字八法"。所以说隶书在中国的文明、文化史和书法史上都有着极其重要的地位。

下面是隶书发展过程简述。

结绳（上古）→刻画符号（河马图腾，距今约 6000 年）（神农）→甲骨文（殷商）→金文（又称大篆）（西周）→小篆（秦）→隶书（汉）。

隶书按时代分，有古隶、秦隶和汉隶；按笔法分有方笔、圆笔和兼笔。

二、选帖

碑和帖是有区别的，隶书是碑学派，因为通过拓片法[②]成帖，所以我们按习惯称之为帖。实际上帖是写在纸上的字，是通过双勾法[③]脱样而成的。区别碑与帖的标记一般是看字的笔画，尤其是捺画，带锯齿性的边是碑字，平边便是帖字。其实锯齿是病笔，可碑学派有人专效仿此法，形成一种古韵。涨墨笔法也如此，在清代一度流行。飞白也是这样，并美其名曰"万岁枯藤"（劲瘦而拖也如此之称）。

下面是隶书名帖简介：

1.《石门颂》：圆笔作书，特点是奔放，纵逸，自然，不刻意求工。此碑开六朝疏秀一派。隶中有草，重点学习灵动的神韵。

2.《张迁碑》：方笔作书，特点是拙中见巧，端庄朴茂。此碑开魏晋之风，无笔法。隶中有楷，又渗入篆体结构。"学隶书者都以此碑为最后范则。然而得其方秀者多，得凝厚者寡。"重点学习意境的变化。

3.《史晨碑》：圆笔作书，特点是端庄文雅。重点学习八分书法。

4.《曹全碑》：圆笔作书，特点是秀丽流美。重点学习优美风格，注意不落柔软。

5.《乙瑛碑》：方圆兼笔，特点是雄强沉厚。重点学习字形变化与中和风格，属八分范本。

6.《礼器碑》：方笔作书，特点是瘦劲方整。重点学习线条质感。

古人云："取法乎上，仅得其中；取法乎中，仅得其下。"如此说来选名帖是很重要的。我们可以根据个人的爱好，一般应该临习两种不同风格的帖，以求变化，以便相互调节书意，在工作之余，也可以看看其他名帖，从中悟出自己能借鉴的书风。

帖选定了，就不能变更，有的名家终身以一本帖为底本，兼习他帖，这样才能把自己所学的神韵归属于某种风格或流派。

三、读帖

选定了帖就应该认真地去读熟，有的人乃到能背出，不要急于临习。帖读熟了，你就会注意到字的大小，纵横间的距离，黑白间的区别等等，就能初步了解到密不透风，疏可跑马的韵味等。

四、入帖

1. 准备。孙过庭说："得时不如得器，得器不如得志。"学书首先要得器，好的笔墨纸砚固然得心应手，对于初学者而言，一般的文房四宝即可。若有书写基础者，最好用中锋羊毫笔写隶书，因为这种笔有柔性，含墨饱满。纸用中性的宣纸，因为熟宣不易干，生宣渗透性强，容易涨墨。要实惠当然用毛边纸练字。

选格也五花八门，什么九宫格、米字格、田字格、回宫格、方框乃至心格（无格）。不管什么格练字，初临只要跟字帖上的字差不多大就行。

2．入帖。一般有两种方法。

（1）摹：仿影、描红、廓填。

（2）临：对临、背临、意临。

我们一般是对临法。把范本放在一边，凭观察、理解和记忆，对着选好的范本反复临写。王羲之说："一遍正其手脚，二遍得形势，三遍微微似本，四遍加其遒润，五遍兼加抽拨，使不生涩④。如其生涩，不可便休，两行三行临之，惟取骨健为能，不得记其数。"临帖是个长期的过程，非一朝一夕之功，只要持之以恒，就能取得好成绩。

临习到一定的程度便要脱帖。有经验的名家认为：形有七八分，便要抽帖身。重在神和气，个性方能成。

五、集字创作

这个步骤是出帖的序幕。在你意临的基础上，选字帖中的范字编织成对联等形式进行过渡性的创作。同时还可以练习落款、钤印⑤。

六、出帖

这是创作的过程，分三步进行。

（一）创作前

一张白纸要写最新最美的文字，你不可能一见纸就下笔，也要三思而行，打个腹稿。要做到定位准确，布白匀整，转换自然。这就是我们所说的谋篇布局。

（二）创作时

1．变与通

隶书三笔写，全在变通它。哪三笔呢？即平画、钩画和波画。就这么简单的基本笔画。笔画简单并不意味着好学，有一些事看似简单，做起来就难。太极拳也如此，24式简化太极拳，并不是简单太极拳，因为你要在简单中求变化，至于变成什么样，那就全在你的悟性。隶书的点、竖和其他笔画都在这三画中变化。例如竖是钩画变化而来，取上半部。下面举例说明：

（1）点变平画。例：帝、并。

（2）平画变点：美、黄。

（3）竖变挑画：门、有。

（4）撇变挑画：月、皮。

（5）撇捺变平画：颜、欲、因。

（6）弯钩变波画：成、也。

（7）增笔：辛、副、明。

（8）减笔：害、勤、彦、桥。

（9）分拆：春、东、重。

（10）对称：卿、兴、龙。

（11）避让：野、圣、功。

（12）偏旁独立：祠、钱。

（13）因字立形：人、崇、幕；积德累仁，模式：长扁长扁。

由此可见，隶书一字一形一般来说，也是有规律可行的。汉字的形状是方块，隶书书写不外乎：

①扁方。如："仁"字。

②竖长方。如："累"字。

③正方。其实这类型的字按"八分书"基本都写成扁方。

用上述隶书造型的公式去看"积德累仁"便是：BABA式。

（14）异型：爱、丘；雨虎头互变：处、雪；长拖笔等。

以上讲的是变，下面讲一下隶书在写意上的互通性。

（1）同字不同形。如：春、花、风。

（2）同体不同意。

①隶写篆意。如：帷幕筹策；阳、都（部首写篆意）。

②隶写草意。如：分、于、别。

③隶写行意。如：影、是、定。

④隶写楷意。如：张、提、之（一般隶书不写楷意，只有《张迁碑》朝这方向发展）。

隶书写篆意是常事，隶书写草、行便是章草，所以说隶书不写楷意。

小结：变通要有据可行，不能自己生造。变通的目的是避免雷同、呆板。孙过庭说："若数画并施，其形各异；众点齐列，为体互乖。一点成一画之规，一字乃终篇之准。违而不犯，和而不同。"说的就是书法艺术。而且变通跟万事万物有关，如"云腾致雨""乱石铺街"等。

2.形与神

（1）形

隶书一字一形，一字一处蚕雁尾。"违而不犯，和而不同"说的不是单指一个字，广义地说是通篇通章的布局——造势。

①每字大致八分。《史晨碑》属于这类造势，凝重肃穆，当时用来写诏章。

②排列大致相等。是指整体篇幅的造势，只注意纵，不很注意横。《石门颂》《张迁碑》属于这类造势。

③四方大致相齐。是指整体篇幅的字齐上不齐下，曰："天平地裂缺一角。"

④首尾大致呼应。是指篇章首尾的字应该大一点。"一字乃终篇之准"说的就是这个道理。

（2）神

字有神气是苏轼提出来的理论。他认为，字应该有生命力。宋人的书法是尚意的，苏、黄、米、蔡便是典型。宋诗也尚意，以朱、程为代表。宋代的诗书并不亚于于唐代诗书，甚至有人认为高于唐代的意境。宋代的神气之说确实给书法赋予了生命。

①血。是指墨色的干湿浓淡，转换的流程见有动感。提示：换墨的整体流程是下笔浓，收笔淡，行程波浪渐进，浓淡干湿分布匀整。在书写榜书时一个字尽量不蘸两次墨。做到按笔由轻到重，纸面由湿到干，墨色由浓到淡。

②肉。是指线条丰满。

③筋。是指映带时笔锋的时断时续，包括草书的游丝劲。"隶书要通气，楷书要贯气，行书要行气，草书要连气"这是各体生筋的技巧（即产生字与字之间的动态）。

④骨。是指锋力的提按转折分明。

"颜筋柳骨，赵字媚立"。说的是其字的内在（神气）。当然包括做人，"见字如见人"的说法也是有这层意思。骨气呀，严重说就是气节。"媚立"是说赵字呼应性强，实质上是"妩媚"，学楷书从赵字入手，就容易得多。但赵孟頫人品不好，他是宋代皇家子弟，名声地位极高。他投情元代，受尽了要挟和打击。"媚立"的真实性是说他没有骨气，用现在的话说就是当了叛徒。"后人学书不学赵，学赵骨气丢光了。"还有一种说法，"盛学颜，衰学柳，不学赵字筋骨扭。"都有现实意义和历史意义。当然现在不能这样去看历史，应该以艺术质量的优劣来评判一位艺术家的成就，何况我国是个多民族的国家。但现实又往往如此，尤其是对书法的评判甚至要统治者的认同。我认为，领导的认同并不重要，只要"参与了，投入了，自己得到愉悦欢趣了，书者的主体精神得到张扬宣泄了，才是创作的目的"（欧阳修）。书法不应带有政治色彩，艺术本来就没有这种色彩。

（三）创作后

这是审美的过程。要点如下：

1. 在意念间作品中应该流露出自己所习帖的风韵。

2. 有较强的个性。

3. 墨色流程匀整，行草书更要有起伏性。

4. 疏密有致。

5. 落款和钤印。落款要注意上下的顺序；印宜小不宜大，宜淡不宜浓，宜少不宜多，并要注意位置和距离。

6. 补救。一幅好的作品，是要看你书写的灵感，要天时地利人和。"意违势屈，风燥日炎，纸墨不称，情怠手阑"都产生不了意境。假如你的情绪好，灵感来了，便即兴创作，一定能写出理想的作品。此时你就会激动，甚至得意忘神。"忽然绝叫三五声，满壁纵横千万字。"这就是怀素、张旭灵感来时"狂"与"颠"的写照。当然，人一激动字的神气就佳，但也有漏字的现象，也有正文写不下的现象。在这种情况下，你就不用去重作，因为作品的意境好，或许重作不一定就有灵感，你要知道，灵感是在闪现间的。王羲之写《兰亭序》，回家誊写了好几次，都不理想，最终还是选定初稿，因为初稿的神韵是有灵感性的创作。由此看来，在有灵感创作时一旦漏字了，内容写不下了你便可以采取补救的办法。有二：

（1）漏字补救法。即在正文的后面或另起行用小字注出。如：某字下应补某字。

（2）正文缩写法。当正文内容在一张纸书不完时，可另起行并顶格用小字续完。

小结

種豆南山下

下面以本人的一首小诗作结。

> 隶书一般写扁平，
> 横平竖直靠锋耘。（看字形）
> 一形一字蚕雁尾，
> 通篇通章锦华魂。（忌雷同）
> 下笔行书多顾盼，
> 蝉联饱墨少思痕。（看白处）
> 首尾呼应疏密致，
> 一气呵成便是神。（看整体）

习书是个"静—动—静"的形象思维的过程，这个过程就叫"序"。只要你持之以恒，按学习的规律循序渐进，就会事半功倍，获得成功。"说像样的话，写像样的字，做像样的文章。"这是对中文学者的要求，也是对书法学者的要求。因为它是一个人的人生观和价值观的重要组成部分。

七、习作
中堂：师法秦汉（AABB 式）
斗方：帷幕筹策（CBBC 式）

邓水发
2006 年 3 月初稿于南昌
2013 年 9 月修改于东莞

【注释】

①四贤句："四贤"是指草书首创者张芝，楷书首创者钟繇，书圣王羲之和王献之；"二圣"是指狂草首创者张旭和怀素；"三师"是指楷书大师颜真卿、柳公权、欧阳询；"四家"是指苏轼、黄庭坚、米

芾、蔡襄；"两赵"是指瘦金体首创者赵佶、楷书大师赵孟頫；"孙杨"是指孙过庭、杨凝式（具体见本人主编的《历代书法简史一览表》）。

②拓片法：将宣纸蒙在器物表面，用墨拓印来记录文字。拓片是中华民族的重要载体，因有拓片传世，才能感受碑刻的内容风采。

③双勾法：指双勾脱帖法，一种书法艺术手法。就是将字笔画的各框先"描"出来。极精细的摹本是在暗室通过光控用圭笔描下来的。

④生涩：不流畅。

⑤钤印：盖印。印章一般有四种，即引首章、闲章、腰章和名章。都要按所定的位置钤盖，还要讲究与章法之间的距离，朱白的色面，以及闲章与作品内容的相符等。

附：

中国书法简史一览表

书风	时代	著名书家	个人风格	代表作品	书体	作品特点及影响
结绳	上古					
刻画符号	神农氏约6000年	相传：仓颉造字者			太极八卦图画	影响甲骨文的形成。
取象	商				甲骨文	以图画的形式刻于甲骨上，属于文字的成熟期。
从自然界取象，又合于自然之象，是中国书法产生的审美思维的依据。	周			大盂鼎	金文	象形，方正，通篇造型美。
				墙盘铭	金文	笔画圆润遒美，结体均衡，整体端庄中见动感，章法整齐和谐。
				散氏盘	金文	厚重质朴，结字寓奇于正，蕴巧于拙，浑然天成，极富有个性。
				虢季子白盘	金文	线条细劲，结构精致，结体严谨，章法疏朗，有行无列。西周书体到此一变。
				毛公鼎	金文	书法精严细密，圆劲遒美，结体劲健，井然有序。通篇气势雄伟，神采绚丽飞动，乃庙堂正文。
尚势	秦			石鼓文	大篆	已摆脱象形图画痕迹，书法大气堂皇，浑厚高古，中锋运笔，结体取方或长方，整体呼应。书写风格大篆本，小篆形。
隶书讲究"势"。姿势、气势意在其中。要处理好整幅字的起、承、转、合，以烘托出一定的气势。行近字远的隶书章法，注重的是空间感，可以造成作品的整体气势。		李斯	规整	泰山刻石	小篆	字体大气平整，笔线均匀流畅，横平竖直，字呈长方形，典雅有致。字体修长，结构对称，线条圆转流畅是小篆三大特点。

书风	时代	著名书家	个人风格	代表作品	书体	作品特点及影响
	汉			石门颂	隶书	字自然奔放，朴拙雄强；笔法变化莫测，雄健舒畅；结体大小不一，横不平，竖不直，起收无迹，自然率意，奇丽多姿，妙趣天成，有山野味。行草由此碑演化而来。
				张迁碑	隶书	劲秀朴厚，方整多变，朴厚中见媚劲，方整而不呆滞，寓拙于巧，以方笔为主。对魏体、楷书影响极大。
				曹全碑	隶书	字秀丽、平和、简静，内清刚而外俊美；笔画圆润，从容潇洒如行云流水；结构匀整，秀美多姿，变动灵活。以圆笔见长。
				史晨碑	隶书	用笔精工细致，应规入矩；笔势古厚朴实，端庄遒美；结体方正典雅；结构与意度背备，为庙堂之品，八分正宗。是当时官文体的典型，也是隶书走向规范、成熟的典型。
尚韵	汉	张芝	自然流畅，世称"草圣"。	八月帖	章草	用笔古朴精当，圆润中见刚劲；结体随行气的趋势而变，自然流畅。
魏晋书法讲究的是神韵于法度之外。状如断而不连，势如斜而不直，用笔该中则中，该侧则侧，结字该大则大，该小则小。岂能笔笔如一，大小合一，安排做作，刻意而为？	魏	钟繇	高古清劲，世称正书之祖。	荐季直表	楷书	笔法深沉，高古纯朴，超妙入神。
				宣示帖	楷书	清瘦如玉，姿趣横生。
	吴	皇象		急就章	章草	《急就章》原是一篇教材。

书风	时代	著名书家	个人风格	代表作品	书体	作品特点及影响
	晋	王羲之	遒媚流美，劲秀自然，世称"书圣"。	兰亭序	行书	天下第一行书。神理在"似奇反正，若断还连"；气势在"平正—渐动—平正"；章法富有韵律，有春风拂面之感。全篇节奏和谐自然，点画之间，生机动人，有萧散自然的风神，是中国书法史上的巅峰之作。
				十七帖	草书	意境古朴简约，清新高雅，妍美流畅。笔迹意韵连绵，神完气足。用笔遒媚圆融，自然潇洒。结字明快简洁，字多独立，笔笔以气相贯，用力恰到好处，气度典雅从容。
		王献之	风神潇洒	中秋帖	草书	笔法雄奇奔放，飘逸洒脱，流美之姿连绵不尽。笔势收放自如，豪放不羁，一气呵成。此帖神韵超然，意境简淡，上承东汉张芝"一笔书"，下开后世张旭、怀素"连绵草"的先河。
				爨宝子碑	楷书	艺术特点：质朴凝重且灵动有趣。书法古朴奇巧，布局参差，笔下如切金削玉，显得方正凝重。字体处于一种似隶非隶，近楷非楷的浑然状态。
尚法 所谓"尚法"，讲究的是"字字皆有规矩，不失常态"。	隋			龙藏寺碑	楷书	笔力清劲，点画极为精到，于瘦硬中有柔和之美。楷书结构，技法相当成熟。风格上没有六朝险刻习俗，而具显"中和恬淡"特点。
		智永	平和自然	千字文	草书	风格平和、超逸、自然；线条饱满圆润，浑涵包容。智永是王羲之的七世孙。他"40年，800本，退笔冢"（习书40年，写《千字文》800本送各寺庙，退下的笔堆成坟）的掌故被传为美谈。

书风	时代	著名书家	个人风格	代表作品	书体	作品特点及影响
	唐	欧阳询	险劲刻厉，世称"欧体"	九成官醴泉铭	楷书	楷法严谨削劲，风格浑厚沉劲，笔法刚劲，点画工妙，结体精于穿插避让。分间布白整齐严谨，中宫紧收，字的主笔长，显出峻拔的气势。
		颜真卿	雄伟宽博，世称"颜体"	勤礼碑	楷书	此碑有庄严、圆润、浑厚、壮大的阳刚之美，具有"颜筋"特质。字里行间充满着筋骨强健，肌肉丰满的力感，结体显示了雍容华贵、气宇恢宏的盛唐之气。颜体的整体特点是：似肥实劲，似古实今，似拙实巧，似浊实清，越久视越能引人入胜。他一改二王那种字形微侧，优雅柔美，婀娜多姿的韵致，创造出方正庄严，整齐大度的大唐气象。
				祭侄文稿	行书	天下第二行书。笔势雄奇，姿态横生，神采飞动，属典型的行草体。字的点画使转连贯，有动感而又有涩逆。
		柳公权	风骨峻极，世称"柳体"	玄秘塔碑	楷书	笔法利落，引筋入骨。用笔刚健遒媚，点画方整。结体严谨中见疏朗，字的大小错落自然，巧富变化，顾盼神飞。章法清劲神采，行间气脉流贯。
		孙过庭		书谱	草书	文字宏丽，议论精辟，笔法流动，姿态横生，书如丹崖绝壑，笔势坚劲。
		张旭	潇洒磊落，世称"草圣"，又曰"张颠"	古诗四首	狂草	通篇笔画丰满，行文跌宕起伏，动静交错，章法疏密悬殊，整体气势一泻千里。

種豆南山下

书风	时代	著名书家	个人风格	代表作品	书体	作品特点及影响
		怀素	奔放流畅，世称"狂僧草圣"	自叙帖	狂草	笔势圆转回旋，刚劲矫健。布白参差错落，飞动流畅，动态中见平衡美。用笔狂纵雄强，环折跳荡。点画细瘦，墨色枯淡，转换一目了然。通篇活泼飞动，笔底生风。起首舒缓，中间波澜万丈，结尾狂草之极，达到抒情高潮，落款戛然而止，令人回味无穷。
	五代	杨凝式	清劲自然，别号"杨疯子"	韭花帖	行书	此帖字体介于行楷之间，布白疏朗，清秀洒脱，密处似不通风，以对角布白的强烈对比，造成了深邃的书法意境。
				神仙起居法	草书	用笔沉着，劲气内敛，笔断意连，行气贯通。通篇自然和谐，似有仙气满纸，如"散僧入圣"。
尚意 何为"意"？其实其中包含有"情意"和"意境"两种意思。前者有更多的成分，是书家主体精神。后者则是书家的主体精神与所书写的内容，借助于独特而娴熟的技法形式，完美融合而成的境界。	宋	苏轼	丰腴跌宕，天真浩瀚	黄州寒食诗帖	行书	天下第三行书。通篇起伏跌宕，气势奔放，用笔如行云流水，笔意雄劲，运笔速疾而稳健，点画丰腴而润泽。
		黄庭坚	超逸磊落，绵劲迟涩	松枫阁诗帖	行书	笔画遒劲郁拔而神闲意浓，结构主笔鲜明，长笔四展，结体中宫收紧。
		米芾	风樯阵马，奇姿妙趣	蜀素帖	行书	笔法清健腴润，肥不没骨，瘦不露筋，八面生锋，变化莫测。一洗晋唐平和简远的书风，创造了一种阳刚之美。
		蔡襄	和平蕴藉，端庄婉丽	自书诗	行书	行间疏朗，结字遒媚，用笔沉劲顿挫，似不经意却笔笔精到。
		赵佶	劲丽秀雅，世称"瘦金体"	浓芳诗	瘦金体	用笔极精美，笔带牵丝，毫厘不爽，并增添了运笔的潇洒、情致与卷面的活力。章法、结体更与大自然的美相结合。

书风	时代	著名书家	个人风格	代表作品	书体	作品特点及影响
复古 所谓"复古"，就是崇尚魏晋书风。	元	赵孟頫	姿韵婉约，中和道美。世称"赵体"	胆巴帖	楷书	用笔圆润丰满，结体约取横势，重身安稳，撇捺舒展。通篇法度严谨，神采焕发。
	明前期	沈度	方正统一，世称台阁体	敬斋卷	台阁体	此书完全避免了台阁体呆板少生气的毛病。作品婉丽飘逸，雍容适度，圆润娴雅，笔画充满了活力，外娟秀而内刚劲。
		祝允明		后赤壁赋卷	狂草	用笔多奇趣，气势豪放，若崩岩坠石。祝允明、文征明、王庞继赵复古风，称吴中三才子。
浪漫主义书风 徐谓主张反复古，书的风格不是传统意义上的线条、点画和结字、章法等，而是一种密集、狂乱、团块和连续性的强烈视觉效果。	明中期	徐谓	大气磅礴，热烈奔放	三江夜归诗	狂草	行笔娴熟迅急，纵横狂放，点画狼藉，满纸烟云，变化莫测。
				咏墨词轴	狂草	强烈的创作冲动，狂放不羁的笔触，热烈奔放的节奏。徐谓发起的浪漫主义书风，终结了复古之风。后经张图瑞导流，黄道周等扬波，王铎、傅山助澜，一直发展到清康乾盛世。他们让中国的书法改变了方向，历来以手卷尺牍范型已被新的帖学范型——长挂轴所代替。
形态学 意趣、韵味的形态学书风是董其昌发起的。他认为：看人书法，当如骤遇异人，不必相其耳目手足头面，而当观其举止笑语，精神流露处。	明后期	董其昌	俊骨逸韵	赠张旭	草行	此卷典型地表现了董其昌书法淡、秀、润的风格特征。董其昌书风：既反复古，又不助澜于浪漫主义前进。独行狭义形态学。他为了在意趣、韵味方面获得一种新的志趣而发明的用笔、用墨与章法上的一鳞片爪的新意，也已丧失了风格史的意义，因此后继之人也就必然的结果了。因为书法史已经导向了另一个目标。董其昌的命运就是宣告传统帖学的无可奈何的终结。

種豆南山下

书风	时代	著名书家	个人风格	代表作品	书体	作品特点及影响
				试笔帖	草书	此卷清新空灵，气韵贯通，游丝牵连，生动流美。尤其是在墨法上，董书追求疏淡之美，这和他的整体艺术观是相一致的。
	清前期	王铎	劲健洒脱，世称"神笔王铎"	唐诗卷	草书	点画沉着，气息酣畅，墨色枯润相间，形成白疏黑密的艺术效果，有鲜明的节奏感。精美与野率巧妙地融合在一起。清前期，浪漫书风不属主流，康熙喜于董书，乾隆喜于赵书，盛行台阁体，帖学尚未静止。到了清中期，书风改观，傅山推翻台阁体，由浪漫主义书风成为碑学先驱者。
碑学 所谓碑学，就是将汉隶与商周金文融会一处，"作其气、致其朴、端其形、畅其致、尽其变"，开一代书风。	清中期	傅山	雄浑古朴，大气磅礴	七言绝句诗轴	草书	此轴点画遒劲，结体自由放达而合草法；布局参差错落而气势贯通。是一幅大气磅礴、笔墨酣畅的草书佳作。傅山提倡：作书应"宁拙毋巧，宁丑毋媚，宁支离毋轻滑，宁直率毋安排"。
	清晚期	金农	"怪"，自创"漆书"的隶书	梁楷传记	隶书	用墨浓厚似漆，用笔如刷，非常讲究笔墨气韵，章法大处着眼，有磅礴气势，追求高古境界。扬州八怪核心人物。
		郑燮	"乱"，自创各体形成的"六分半书"	满江红	行书	郑书结体多扁形，近似隶书，笔意圆转连绵，各体书体参差运用。用墨也有浓有淡，布局安排疏密错落，大小相间，有如乱石铺成的街路，故又称"乱石铺街体"，给人以新奇野逸的感觉。"扬州八怪"人物之一。他们的书风是："狂、怪、丑、乱。"

附：中国书法简史一览表

书风	时代	著名书家	个人风格	代表作品	书体	作品特点及影响
		邓石如	雄浑苍茫，力透纸背。被誉为"国朝第一"，称为"碑派书法第一人"	若夫神道	隶书	邓石如的隶书在继承和创新的交叉点上矗立起清隶的一座高峰。此字篆情隶意而又水乳交融，体势方正而笔势圆活。整体平和简静，遒丽天成。
				联句	篆书	此书是典型的将汉隶与商周金文融会一处的作品。
为了便于记住，编者随笔两首：						
其一，历代书风						
商周取象秦汉势，						
晋韵唐法宋意新。						
元明复古清碑起，						
书法至今电脑寻。						
其二，历代著名书家						
历代书家最精良，						
仓李程刘集智王。		程：程邈，隶书首创者			刘：刘德升，行书首创者	
张钟二王蔡皇象，		二王：王羲之、王献之父子			蔡：蔡邕，汉代的书法及书法理论家	
智永三师孙颠狂。		三师：颜、柳、欧			颠狂：指张旭和怀素	

种豆南山下

书风	时代	著名书家	个人风格	代表作品	书体	作品特点及影响
杨疯四家二赵体，		四家：苏、黄、米、蔡			二赵：赵佶、赵孟頫	
沈祝徐董王傅扬。		祝：吴中三才子（祝允明、文徵明和王宠）				扬：扬州八怪，金农、郑燮等。
碑甲邓氏康于氏，		康：康有为，晚清书法及书法理论家				于：于右任，民国期书法家，倡导标准草书。
历史长河永辉煌。						
本表参考书籍：《书法精论》《书学概论》《历代名碑风格赏评》《历代名帖风格赏评》《隶书教程》《篆刻教程》《草书教程》《楷书教程》《行书教程》和《中国书法一本通》等。						

邓水发
2006 年春初稿于南昌
2013 年秋修改于东莞

说明：本表没有收进魏碑楷书和敦煌行书，计划另列一表附于《魏碑书法艺术讲解》教案中。

后 记

    因为没有具体的序，便简要地说明一下作者成书的三个阶段：一、改革开放前对生活的执着追求；二、对改革开放的倾情赞美；三、对充满阳光的退休生活的疾书。全书通过此三大主题的生活写照，用不同的表现形式来反映作者与时俱进的人生经历和家国情怀。

    书中所收集的作品大多数在报刊、微刊或校区、社区发表过。

    本书的出版，得到许多同道挚友的关注，尤其是王海霞、刘宝岭、刘侃良、林汉梁、刘润根、黄绍武、刘福成、胡敬锋、田衣、殷文红、陶船等人的鼓励和协助。在此深表谢意！

邓水发
2023 年 8 月

種豆南山下